梦想的拼图，碎碎步环游世界

每年一次精心策划的旅行

吴智文 著

南方日報出版社
NANFANG DAILY PRESS
中国·广州

图书在版编目（CIP）数据

梦想的拼图，碎碎步环游世界 ：每年一次精心策划的旅行 / 吴智文著. — 广州 ：南方日报出版社, 2018.7
ISBN 978-7-5491-1828-1

Ⅰ. ①梦… Ⅱ. ①吴… Ⅲ. ①随笔－作品集－中国－当代 Ⅳ. ①I267.1

中国版本图书馆 CIP 数据核字(2018)第 126689 号

MENGXIANG DE PINTU SUISUIBU HUANYOU SHIJIE
梦想的拼图，碎碎步环游世界：每年一次精心策划的旅行

作　　者：吴智文
出版发行：南方日报出版社
地　　址：广州市广州大道中 289 号
责任编辑：刘志一　陈　静
封面设计：邓晓童
责任校对：裴晓倩
责任技编：王　兰
经　　销：全国新华书店
印　　刷：广东信源彩色印务有限公司
开　　本：787mm×1092mm　1/32
印　　张：10.125
字　　数：240 千字
版　　次：2018 年 7 月第 1 版
印　　次：2018 年 7 月第 1 次印刷
定　　价：48.00 元

投稿热线：（020）87373998-8503　读者热线：（020）87373998-8502

序

Preface

行走天地，微观河山，知心见性，他把生活过成光影的旅程

多年以前，吴智文遇见了一个喜欢猫，喜欢旅行，有点小野性的女生。为了表达爱慕与敬重，学计算机和工商管理专业的他从此热爱上摄影和写作。

后来，这个女生成为他的妻子。两个土生土长的广州人，选择了“裸婚”。他们没有摆酒宴亲友，而是决定结伴看世界。在此之前，吴智文没出过国，他赶紧研究行走攻略，准备相机。美国的朋友帮忙出了邀请函，他们就在美国的城市和河山中尽情地玩了一个月。

这一次出发，打开了人生的一个窗口。此后，他每年都带着镜头去看世界，观自在，把生活过成一段又一段光影和文字辉映的旅程。这也成为他与妻子一直以来坚持的生活方式。

序

Preface

十多年里，吴智文一直在广州一家大型企业任职，他像城市里大多数白领一样，上下班赶时间、堵车、打卡，工作中常有折腾与迷茫，负面情绪总是弥漫堆积。回到家里，还要参与家务，陪伴妻小，照顾老人。

属于我们的时间并不多，奔走之心如何安顿？兴趣爱好如何呵护？这是个问题。生活是庸常的，不同的人有不同的选择。在爱好和冲动面前，有的人选择摔碎原有的刻板；有的人选择求其平衡，开一扇天窗经常透透气。

吴智文属于后者。他说，不停歇的行走和记录，能让自己在庸常的生活和复杂的人生里保持乐观。

吴智文家的“少爷”，五个月大的时候，开始跟着父母在国内跑，一岁就去了巴厘岛。现在，三岁的“少爷”已经去过日本、印尼、马来西亚，还有国内包括港澳台的许多地方。

吴智文说，他希望把行走的方式变成爱的陪伴和教育，带给孩子，影响孩子，直到他长大。如果孩子成年了愿意带着父母玩，那就全家人一起出发；如果孩子想自己玩，那他就和妻子一起出发。总之，此生都将一直走下去，不停歇。

我与吴智文初识于桃花湖畔，在那里我被他的摄影深深吸引：风景中流淌着美好的情绪，人物影像恬静而不缺故事。他的镜头里，没有太多宏大的叙述，多是行走瞬间的记录。照片中凝固的瞬间，隐约敲打着观者的内心，它强烈的带入感已然将我的心带去了旅途。

他的摄影，并不依赖顶级器材，用简单的器材就能在乡村的夜晚拍出灿烂的银河。他说，摄影这件事，不能做器材党，懂设备即可。摄影是用光影作画，最重要的不是镜头，而是镜头背后那个人。

他用照片和文字，影响了周围一大群人。不管在博客时代，还是微信时代，他都是引领各个路线的私家旅行达人，手把手教朋友摄影技巧的暖心行家。

这些年，行走天地，微观河山，知心见性，吴智文把生活过成光影斑斓的旅程。他和妻子一起，把这么多年来记录自己每一次旅行的文字和照片整理出来，激发了我强烈的兴趣，我特意将之推荐给南方日报出版社。在2018年夏，这本汇聚了作者人生洞见的小书，将与大家见面，吾诚满心欢喜。

无论是环球私人旅行分享、行走路线设计攻略，还是摄影技巧交流，抑或是旅途中的善意提醒，吴智文都写在了这本小书中。翻看小书，你总有一些小收获。

祝愿吴智文，也祝愿热爱行走的朋友，在旅行中发现更多美好的风景和遇见更多纯净的灵魂，将自己活成旅途中一处曼妙的风景、一段被传颂的故事。

然后，通过你们的记录，我们彼此观照，自在欢喜。

出品人　刘荣

2018年1月6日

前言

Preface

世界那么大，真要等到“有时间的时候”才能出发？什么时候才“有时间”？总有忙不完的事情，起于生，止于死，人生何必匆忙？时间和金钱总可以挤出来，一块一块慢慢拼，总能拼凑出向世界进发的机会，每年一兑现，多年以后也可以环游世界。

身为普通白领，我和西瓜猫对大千世界充满好奇，却一直困在囚笼里。当年西瓜猫对我说“我们结婚不摆酒了，去美国度蜜月吧”。这个看似疯狂的想法，开启了我们生命全新的篇章。没有出国经历，缺乏旅行经验，可第一步，我们就跨越了半个地球。世上无难事，只怕有心人。脚踏实地比空想更令人陶醉痴迷，世界那么大，我们真的想要好好看一看。

我们从此爱上了旅行。

十一年，我们走过了四大洲二十多个国家数十个城镇，走过祖国多少大好河山。我们在童话世界成为王子和公主，在阳光与沙滩中感受浪漫，一起攀上入云的高山，一起潜入蔚蓝的深海，一同从万尺高空一跃而下，

一同驾驶飞机冲向云霄，一起见证奇幻飘渺的极光，一起仰望深邃悠远的星空……

最初，我把旅行点滴记录在博客上与友人分享。后来，有了微信，我可以在朋友圈及时分享旅途的见闻。再后来，这些游记又挪到了公众号上，得以和更多人分享旅程的愉悦。

朝花夕拾，这是一部有趣的游记。单调重复的生活不但消磨人的热情，还会滋生摩擦、抱怨，生活不易，需要滋润。旅行，是一道很好的润滑剂。不在乎目的地，不在乎时间和金钱，重要的是一颗追求浪漫的心。

旅行是工薪族最好的投资。爱人之间建立一份旅行基金，少买一些名牌服饰，少去一些奢华盛会，计划好公休假期和年假，存500块，可以到乡郊野外的旅舍独享一片清幽；存3000块，可以到祖国大江南北体验民俗风情；存6000块，可以在东南亚享受阳光海滩；存30000块，可以到世界某个角落览胜猎奇。当你走过万里路，会发现外面的世界太精彩。

旅行，还会令人重新相信爱情。既然没办法延长生命的长度，就尽量拓展生命的宽度。

我用文字和照片诉说这旅程的精彩，用小众的私人路线发掘不为人知的美好。只为令你知道，当心灵在旅行中释放，有限的生命将创造无限的精彩。

作者　吴智文

目录

Contents

第一章 白本护照的美国蜜月之旅

第二章 意大利加希腊，把世界上最好看的色彩都用完了

第三章

穿越火山灰，那是一个奇妙的世界

第四章

攀上欧洲之巅

第五章 冰与火之歌

第六章 绅士与斗士的激情对碰

第七章

纵横中土世界，新西兰南岛自驾之旅

第八章

诗巴丹，潜水者的天堂

第九章

在菲律宾休国庆假期

第十章

小巴厘，大不同，到人间天堂度假去

第十一章

漫步佛国

第十二章

东渡·梦回唐朝

ATTENTION
AREA
UNDER
NYPD VIDEO
SURVEILLANCE

第一章

白本护照的美国蜜月之旅

第一次自助出国旅游，怀揣着几千块钱，说走就走。居然拿到了美国一年多次往返签证。万事开头难。第一步迈出去了，后面就是坦途。

Day 1 广州—底特律—雪城

Day 2 ~ Day 4 雪城为据点的东北部湖区

Day 9 华盛顿特区

Day 10 华盛顿特区—拉斯维加斯

Day 11 拉斯维加斯—大峡谷

Day 14 盐湖城—黄石公园

Day 15 ~ Day 17 黄石公园

Day 5 雪城—纽约

Day 6 ~ Day 7 纽约

Day 8 纽约—华盛顿特区

Day 12 大峡谷—拉斯维加斯

Day 13 拉斯维加斯—盐湖城

Day 18 黄石公园—盐湖城

Day 19 ~ Day 20 盐湖城—广州

难忘的见面礼：我像恐怖分子吗?

近18小时后，飞机降落在底特律机场。就在我和西瓜猫累到精神恍惚的时候，美国开始向我们展示“先进、高效、人性化”的一面。

入境时，警官简单地问了我们来美国的目的和行程，我们一一作答后以为就此通过了。但警官招呼了一下旁边的同僚，对西瓜猫说：“You are Okey.”然后回头对我说：“We want to check your bag. It won't be a long time.”随后，我被领进了一个隔离房间。噩梦开始了。

里面绝大部分是中东人，一个个就像医院里等候叫号一样坐着。一个长长的柜台后头坐着几个面无表情的各色人种的警察，他们身后一个类似中药铺百子柜的柜子里随便摆放着被请进来的人的护照。房间里气氛很压抑。我刚坐下，旁边一个小伙子就低声和我搭讪。他说自己是叙利亚人，还告诉我不会等太久的，例行检查而已，叫我不用担心。

时间不断流逝，人越走越少，其间也有人因护照有问题被叫到小房间里个别盘查的。我数次提出疑问，都被严厉地驳回了，只能等。我担心在外头不明真相的西瓜猫是否好过，因为这个区域不能打电话，我无法与她联系，而且五点半我们要转机去雪城。五点的时候一个面无人色的女警又重新问了我一遍我来美国干什么以及怎么一个人来度蜜月。然后她又问了我两个耐人寻味的问题：你有没有进过监狱？有没有去过秘鲁？我回答"Never！"那女人脸上皮笑肉不笑来了一句"Have a good day."审讯终于结束！

出来的时候，偌大的入境区只剩下西瓜猫一人，她快被吓哭了。我们拿了行李过海关，朝转机口飞奔，赶在登机口关门的最后一刻上了飞机。在飞机上她才告诉我，机场贴了Most Wanted海报，上面有个通缉犯很像我。

当飞机降落在雪城（Syracuse）的时候，这趟旅程正式开始了。

雪城是纽约州的一个小城，我们首先要去投靠在Syracuse University上学的朋友。在美国，私家车是最主要的交通工具。因为大家住得分散，大商场往往离得远，买棵菜也得开车。朋友带我们在附近一带晃悠。马路边经常看见动物标识，表示随时有野生动物横穿马路，让司机小心点。车比较少，路况不错。交通灯悬挂在马路上空的电线上，晃晃悠悠的，很简陋，和我想象中的美国完全不同。

雪城附近的千岛湖从属五大湖区，在美国和加拿大交界处。里面有很多岛，每一个都是私人所有，有些"岛"其实就是一块石头，可美国人也能在上面盖点东西，物权意识和聪明才智可圈可点。当然，也有风景秀丽的人间天堂，生活的多样性在这里充分体现。

到康奈尔大学（Cornell University）探望友人，这个开放式的校园位于一座小山岗之上，举目远眺，没有高楼大厦，令人心旷神怡。每年四月，校园内樱花盛放，一大团一大团的，好不灿烂，与日本的樱花相比显得狂放。松鼠随处可见，连在垃圾堆里翻东西吃的也是松鼠而不是老鼠。在这里慢悠悠地逛，让人多么想回到求学时光。

短短几天下来，我发现美国特点鲜明：一个是“大”，什么都大一号，车大、花大、水果大，大部分建筑都很粗犷，不细腻；建房子就像搭积木，大部分的住宅都是木头的，很容易就拼起来，有些人搬家的时候甚至把房子拆了，把各个部件运送到新的居住地；还有就是经常看到降半旗，美国人喜欢在家门口挂国旗，心情不好或者想表达些什么的时候就降半旗，纯粹看各人心情！

路遇一辆卡通版的警车，放松的环境中连警车都觉得可爱了，入境时的不愉快霎时消散。

咬一口大苹果，深入世界金融中心

纽约是世界金融中心，别名叫Big Apple，每个人都想咬上一口。作为世界上最大的都市，纽约令人充满压力，高耸林立的摩天大厦像巨人一般从高处俯瞰着芸芸众生。和小镇上友善的居民不同，这里的人都行色匆匆，板着脸，很冷漠，这就是美国人所说的New Yorker 's face。

由于盘缠不多，我们在纽约待的三天里，住在市区东面墨西哥人聚居地附近的一家华人家庭旅馆，离地铁站很近，价格比酒店便宜不少。纽约的地铁，出了市中心后轨道都是在地面上的，玩过《侠盗猎车》的战友们一定很熟悉。在纽约，随处可见色彩斑斓、创意十足的涂鸦，它们作为一种自由式烙印，充满创意。

钻出地铁，来到了纽约市中心——曼哈顿，一个大岛。著名的华尔街其实是条其貌不扬的街道，两旁大厦里面的人是金融世界的操盘手。著名的金牛在附近几个街区的路口，我轻轻地摸了一下，想沾点财气，结果回国后股票投资都变成捐款了。原来怪我，应该摸它的蛋蛋。

要从上帝视角欣赏这个超级大都市，最好的地方莫过于102层高的帝国大厦楼顶，就是当年“金刚”爬上的那座。我们选择傍晚日扮登顶，人很多，排了近半小时电梯，才赶上了夕阳的最后一缕霞光。纽约的黄昏和夜景交替，曼哈顿的全貌和对岸的Jersey City（泽西市）一览无余。一方天际，肉眼所见竟然有十来架飞机在飞，可见纽约的喧嚣。入夜的纽约慢下来了，路边是等待追逐浪漫的人的墨西哥马夫。

无意中发现了纽约市政厅门廊上刻着的那句话：The true administration is the firm pillar of a good government。如能践行，民之福荫。

自由女神英文叫Status of Liberty，在曼哈顿旁边的一个小岛上，岛不大，只有一个小广场和塑像。在曼哈顿南部的码头坐船过去。有一个关于自由女神的段子倒是挺有趣的。话说一位印度兄弟来到纽约，想坐出租车去看自由女神像，于是他带着浓重的口音跟司机说：“Send me to the Free Woman.”司机答曰：“There’s no free woman in NY.”这印度哥们儿不服，拿出一张

乘船去拜访自由女神

华尔街铜牛，人人都希望股市能永保"牛"市

印有自由女神像的报纸，下面有一个电话号码，继续说："I want this Free Woman. I have the phone number. Sex sex sex, two sex one free（666-2613）. "这当然只是调侃印度兄弟口音的玩笑，不过在纽约，这个物欲横流的拜金之地，真的没有什么是真正免费的。

喜欢世界历史的朋友，纽约的大都市博物馆绝对不容错过，馆藏丰富，世界各地的文物都有，连古希腊的神庙也搬过来了。博物馆既不是免费，也不用门票，而是要求你捐钱换票。当然，你也可以告诉他你不捐，随喜。

当我们漫步在这个熙来攘往的都市，和身边行色匆匆的人群总显得格格不入，我似乎是从另一个世界穿越而来的观察者，凝视着这迅速流逝的时光。在这个可能是世界上最繁忙的城市里，人生百味每天都在上演。等地铁的时候，对面月台上昏黄的灯光下，端坐着神态各异的路人甲乙丙丁，好像一出舞台剧。人生，本就如戏，每人各有演绎。这么多人想移民，外国的月亮真的更大更圆吗？

从帝国大厦上俯瞰曼哈顿夜景

美利坚的京城梦

离开纽约，坐灰狗巴士前往首都华盛顿特区Washington D.C.，这个“D.C.”很重要，如果光说Washington，别人会以为你要去华盛顿州。特区是在马里兰州、特拉华州和弗吉尼亚州之间一块很小的地方，是为了避嫌而不偏袒任何一个州政府。整个特区没有什么特别高大的建筑，绿树成荫，像一个大公园。中心是一片非常开阔的绿地，东西走向，规则的长方形。西面是林肯纪念堂，马丁·路德·金发表“I have a dream”的地方。领袖崇拜，美国也有。林肯作为废除奴隶制度的先驱，在美国是神一般的存在。所以这个纪念堂更像一座神庙。

美国的象征，华盛顿纪念碑

印第安人博物馆的服饰展

从林肯纪念堂向东方望去，有一个二战纪念广场。在二战纪念广场的北面，有一栋不太起眼的建筑，这个就是名扬世界的白宫。沿着草坪一路向东走到尽头，那座被很多人误认为是白宫的熟悉的圆顶建筑，其实是国会山庄，是议员和政要讨论国家大事的地方。

在这里走着，感觉像在公园里散步一样。我们去的时候樱花刚好凋谢，大概4月是华盛顿特区樱花烂漫的季节，据说很漂亮。两边有很多很多的博物馆，从生物进化、地理矿藏、历史人文，到现代科学、宇宙奥秘，包罗万象的主题博物馆全部免费，一路逛下来就是一趟学识之旅。美国人很有创意，用太阳系行星的示意图作为这片区域的距离图示，标识你所在的位置和目的地的距离。不要赶时间，慢慢看，尤其是带着小朋友的时候。

国家图书馆也在附近，开放参观。传统的罗马式建筑，精美的内饰，和之前看到比较粗犷的建筑不太一样。

华盛顿特区的这场学识之旅，生动、亲近、不死板，使我在纽约那颗烦躁不安的心平静了许多，似乎察觉不到时间的流逝。

荒漠中的奇葩，拉斯维加斯、大峡谷猎奇

到达西岸拉斯维加斯时已是晚上九点多。作为荒漠中一个奢华的奇迹，飞机舷窗外一直黑漆漆一片，直到出现一片明亮的冲天火光——这就是拉斯维加斯。我们在机场租了车，直奔酒店。

在拉斯维加斯我们见识了什么叫不夜城，大半夜的酒店大堂挤满了人。我们排了半个小时的队才办理完入住手续，看看表，已经差不多凌晨了。

赌场内没有窗户，一天到晚灯火通明，赌客们因此忘却时

科罗拉多大峡谷，斜阳下的纹理

拉斯维加斯城外，去往大峡谷的道路上，一个湛蓝的大湖

间，纵情挥洒金钱。白天的赌场除了博彩，没什么好玩的表演。我们准备去位于拉斯维加斯东面的科罗拉多大峡谷，由地质变化和冰河时期洋流冲击形成的大峡谷延绵很长，底部是科罗拉多河。离拉斯维加斯比较近的地方开发了一个著名的新景点Skywalk，站在一块大玻璃上俯瞰峡谷，价钱贵，旅行团也多。我们时间比较充裕，所以选择了距离较远的大峡谷国家公园，沿着40号公路一路向东。

除了出拉斯维加斯城的时候见过一个湖，之后就是连片荒漠了，有时候开半个多小时也看不到一辆车。沿途遇到很多小龙卷风，卷起阵阵飞扬的黄土。偶尔也会见到机车群，一个个身材壮硕的长胡子大汉，戴着头巾，列队风驰电掣，很拉风。

正当我们吃着薯条开着车，心情大好唱着歌的时候，后轮胎突然没气了。荒郊野外信号奇差。截车求助无果，只能硬着头皮自己动手了。这时，一辆小车停在了我们前面，下来一个帅小伙说要帮我们忙。原来他是在对面线反方向行驶的，看到我们很无助，专门掉头回来的。出门遇贵人！

换了备胎车子不能长时间跑，到了信号稍好的地方，我们联系租车公司在一个附近的租车点换了一辆车。经过这番折腾，我们的计划就被打乱了。到大峡谷的时候已近傍晚，直接看日落吧。这一带峡谷是西北—东南走向，我们在峡谷的西南侧，下午来的时候正好顺光，看到的峡谷是一片饱和的红色。

我们在离大峡谷差不多六十英里一个叫Williams的小镇过了夜，准备第二天一早去大峡谷看日出，可是贪睡第二天起晚了。我狂踩油门，突然前方出现了一辆警车，在美国开车是不能超越警车的，我只有乖乖地跟在后面。到大峡谷时太阳早已高挂。

帮忙修车的好心人

我们在大峡谷见到不少野生动物，比如体型比狼稍小的郊狼（coyote）。不知道它会不会攻击人，我们半摇着车窗看，怕它跳进来；还有麋鹿（elk），我们叫它“白屁股”。

下午很早就回到了拉斯维加斯。在这个寸草不生的荒漠里纸醉金迷的天堂，有钱可以尽情狂欢，没钱也可以凑凑热闹。最大最豪华的赌城酒店都集中在一条路上，其他地方的酒店有免费穿梭巴士接送。到了晚上，很多酒店都有免费的室外表演，音乐喷泉、焰火秀、马戏杂技等，整个城市仿如一个大型的嘉年华秀场，很容易让人忘却今夕何夕。

玩得太兴奋，第二天赶飞机时发现没关车头灯导致电量耗尽，打不着火了。我们马上联系保险救援。救援车慢悠悠的，到时离飞机起飞已经不到一小时。那位兄台帮我们的车接电，却居然找不到电池的负极。我索性自己动手，拿起他的工具，掀开了几条管子，咔嚓，车子打着了。此时离航班起飞只剩下半个小时，飞速前往，幸好我们又一次最后一刻赶上了飞机。

科罗拉多大峡谷日落

令我窒息的日落，让警察无语的罚单

盐湖城作为一个中转站，我们留给它的游玩时间只有日落前的两小时。在一片金黄的暮色中，我们驶进了著名的大盐湖。大概是因为盐水的密度比较高，湖面出奇的平静，泛着暖暖的夕晖。被一片湖光山色迷惑，我们下了车，一阵臭鸡蛋味扑面而来，第一次深深感受到美丽到窒息是什么感觉。原来只是看上去美好。

盐湖很大，可以顺着土路往深处开到一片水边，静静地看余晖消逝。天黑得很快，晚上公园是要关门的。我们赶紧往公园门口撤退，油门踩得很深。突然一只郊狼冲过，车子停不住，似乎撞上了它，我们从后视镜发现它一瘸一拐地冲进草丛不见了。这么多年过去了，那一幕依然让我不能释怀。

前往黄石国家公园（Yellowstone National Park）的途中我越开越快，突然一辆警车出现在后视镜里，还亮起了警灯。于是我打右方向灯靠边，警车也停下了，一位警察向我们走来。

在美国，如果遇到警察在后面追你，一定记得立即靠边停车，但留在座位上千万不要走出车外，双手放在方向盘上或其他警察能看到的地方，否则警察会以为你有使用攻击性武器的企图而拔枪的！警察叔叔来到我们跟前，让我们把手都放在能够看到的地方，告知我超速了，开到了95英里每小时。我们辩解说不可能，我一直盯着速度表，一直都是90英里以下。但问题是限速是75英里喔！我被朋友耍了，她说一般开到限速+15英里都没事的，于是我诚恳地向警察同志求饶，但他说："我刚刚才罚了一个印度人，没有理由给你机会的。"我出示了驾照——中华人民共和国旧版驾照，上面没有一个英文字母（除了水印上有DL）。由于美国各州交通规则和驾照都不一样，所以在美国开车持中国驾照就可以了，但是最好有一个翻译件。我这次偷懒了，警察完全不知道我的驾照是什么玩意，我只能指给他上面有一辆汽车的物体，告诉他这就是驾照。他看我老实，相信了，开罚单，让我自己去交钱。警察在PDA上按了按，说

大盐湖的醉人日落

盐湖城图书馆楼顶的刻字，很具寓意

60多美元。

戏剧性的一幕发生了，他让我填一张表，上面有姓名、家庭住址之类的信息，说罚单将寄到这个地址。我们是游客，没有美国住址，他让我用英文写下中国住址。于是，伟大的汉语拼音就这样雷到了美利坚的警察同志了。我把市、区、路这些词也用拼音来写（Huangpu Dadao，Tianhe Qu，Guangzhou Shi）。警察叔叔拿着表回到警车上，一直用对讲机在讲什么。过了大概五分钟，他回来把驾照还给我们，还一脸正气地说，经过深入调查研究和慎重考虑，我还是不对你们进行处罚了，但要记住，不可再犯，否则我会抓你坐牢！我们窃喜。应该是他搞不定那个拼音地址，不知道该如何录入系统，所以放弃了，我们逃过一劫。

黄石国家公园，
一场大自然的视觉盛宴

美国的魅力在于国家公园，这是我行走了很多地方之后的感悟。黄石国家公园是此行最重要的目的地，它使旅程变得格外精彩。8956平方公里的黄石国家公园位于美国中西部，地处怀俄明州、爱达荷州和蒙大拿州交界处，是世界上最原始最古老的国家公园。这里有深邃的峡谷、飞流的瀑布、清澈的溪流、繁茂的森林、遍地的温泉、高耸的雪山、平静的湖泊、广袤的草甸和无人的荒漠，还有各种野生动物，是一个可亲密接触大自然的所在。

从盐湖城驾车北上五百多公里到达黄石公园西门，全程高速公路。当然也可以从南门进入，但最后一段是开放式道路和盘山公路，不能开太快。所以两条路线耗时差不多。

黄石国家公园没有围墙。一辆小车25美元，通票一周内无限次进出。因为黄石国家公园非常大，所以一定要选择好路线和安营扎寨的地方。其实整个公园都是开放式的野外，有一条“8”字形的公路贯穿整个公园。密林深处等地方开车无法到达，当然你可以下车徒步，但群狼捕食、狮熊出没在这个原始的世界是平常之事，所以公园指南强烈建议旅人留在公路附近游玩。我们没有户外经验，所以选择了比较稳妥的方式，住在西门外的汽车旅馆，每天进公园游玩一部分，四天基本可以把“8”字形公路的沿途玩个遍了。

黄石国家公园的地热资源很丰富，到处都是坑洼，地表非常薄，下面是空心的，里面有热水，有很多都是沸腾的，所以千万别掉下去。著名的老忠泉（Old Faithful），每四十五分钟喷发一次，很准时。看其他喷泉喷发就要看运气。有些坑洼里面是滚烫的热泥，有些色彩斑斓，如果从天上看更加美丽。清晨起来气温较低，到处都冒着白烟，甚是壮观。

清晨的黄石，烟雾弥漫

黄石大峡谷

黄石相信自生自灭，所以随处可见十几年前那场山火留下的痕迹，烧焦的树干完全没有人去清理，交给自然循环吧。

虽然已是5月，黄石湖的冰却尚未完全融化。清新的空气与美景，令人心旷神怡。在路上遇到野牛群千万别按喇叭，野生的北美野牛受了惊吓攻击你就糟了。这里有超多的野生动物，一定要保持距离。我们有幸看到了郊狼捕食地鼠，还偶遇了一只觅食的棕熊，因为离得比较远，所以很安全。

5月上旬，尚未完全融化的湖面

遍布公园地表的温泉

回盐湖城的时候，我们走了公园南门。南门无缝衔接比黄石国家公园小很多的大提顿国家公园（Grand Teton National Park），沿途风景很秀美。公园里有一个很漂亮的湖，湖的东岸是一座大山，山顶积雪，如果傍晚来到这里应该可以看到很美的夕照雪山湖。

意犹未尽返回盐湖城后，我们乘飞机回广州，结束了这趟21天的美国蜜月

夕照下的鹿群

公园的道路经常被野牛占据而造成堵车

之旅。因为之前没有出过国，所以在美国一切都是那么的新鲜。纽约的繁荣、拉斯维加斯的奢靡和黄石国家公园的壮美令人眼界大开，能交通便利地一次性探访各种不同自然地貌，美国可谓不二之选。人生就是拿生命换故事。美国之旅结束了，但也正是从那天起，我和西瓜猫正式向世界出发。

第二章

意大利加希腊，把世界上最好看的色彩都用完了

第二次踏出国门，去了欧洲大陆。这也是我和西瓜猫真正意义上的国外自助游，这次旅程没有任何向导。

Day 1 广州—香港—罗马

Day 6 威尼斯

Day 7 威尼斯—米兰

Day 10 米克洛斯—雅典

Day 11 雅典—那普良

Day 2 ~ Day 4 罗马

Day 5 罗马—威尼斯

Day 8 米兰—米克洛斯

Day 9 米克洛斯

Day 12 那普良—雅典

Day 13 雅典—香港—广州

旅行前的准备

为了这个旅程，西瓜猫策划了大半年，办签证、订机票、订房间、策划路线全部自助。行程更随心所欲并且深入，所以更有乐趣，做攻略阶段也算是提早开始享受这次旅行的乐趣吧。

关于签证：意大利和希腊都是欧盟申根国，只要申请其中一个国家的签证，就可以在所有申根国之间穿行。而广州恰好有意大利领事馆，所以我们选择由意大利到希腊。

关于交通：飞机、轮船、巴士、火车、的士、摩托悉数上阵。由于那段时间广州飞欧洲的机票很贵，所以我们选择从香港出发。算上住宿费，从香港出发仍然比从广州出发便宜。

欧洲境内一般坐廉航，我们选择了EasyJet，服务不错，感觉就像坐巴士一样方便。意大利境内火车网非常发达，可在网上预订意大利国铁的票，也可以到火车站用信用卡在ATM机上买。希腊因为是欧盟成员国，交通也很方便。雅典市内有地铁，但是使用率不高，地面上到处都是历史遗迹，步行乐趣多多。在雅典坐公交也是要挤的，所以一定要注意自己的钱财。因为在文化不同的世界里，你根本分不清天使和魔鬼。酒店一般在www.hotels.com、www.hostel.com、www.booking.com上预订，前两个要预付款，后一个不用。

入境再惊魂，稀里糊涂混进欧洲

从来没试过拿护照入香港，这次西瓜猫居然被盘查了大半个小时。一位香港入境处职员礼貌地解释说，可能是因为她名字太普通了，所以被误认成某人了。谁知道呢?

12个小时后，飞机降落在巴黎戴高乐国际机场。由于只有短短1个小时转机时间，我事前已经把机场的地形记了个滚瓜烂熟，以便从容地与入境官员“周旋”。可是下飞机后，这个著名的国际机场跟我们开了一个大大的国际玩笑——安检门锁上了，所有保安的门禁卡都打不开，全机的旅客被困在一个狭长的通道里。我问工作人员有没有办法，他说没有；我说我要误机了，他说很有可能会。我问他怎么办，他说：“When the door open，run！”我彻底晕掉!

折腾了半个多小时，终于有一个人拿着钥匙把旁边的紧急通道门打开了。我们一路狂奔到入境处，关员叽里咕噜说了一大堆法文，我让他说英文，他就很不情愿地用法文的发音方式把英文的词汇说了一遍，问我们去哪里、干什么、待多久。我一一回答后，被放行。冲到登机口的时候，我们再一次成为最后上飞机的乘客。

米开朗琪罗设计的卡比托利欧广场

不知不觉飞机就已经降落在亚平宁半岛上了。按照在美国入境的经验，应该是先经过入境大厅，才拿行李，再通过海关。顺着指示牌一路走，心里嘀咕着会不会又有什么意想不到的际遇，结果就走到了貌似大街的地方。我和西瓜猫很惊讶——我们已经出机场了吗？怎么不用入境手续的？看着路人甲乙丙丁，看到一辆辆的士，我们确定真的已经走上了罗马的街道了。这才缓过神来，原来法国也是申根国，在巴黎的轻描淡写已经完成入境手续了。

罗马，我们来了！

罗马，将时间变成乱码

罗马给我的感觉就是破旧，历史遗迹多得有点难以置信。建造在历史废墟之上的罗马城，处处透着昔日帝国的荣光。罗马柱、大教堂以及很多我叫不上名字的小建筑，甚至路边的一砖一瓦，都是文物。

罗马不大不小，我和西瓜猫分工明确。她负责在抵达罗马前

罗马街头到处可见这种造型奇特的地中海松

摸透各处的景观和特色；我作为天生的GPS，负责把她带到要去的地方。一到罗马，我们就去火车站的游客中心买了一份20欧的Roma Pass，可以在两天内任意乘坐地铁和公交，并且可以免费参观任意两个景点，里面含地图和地铁图。如果去一些景点集中的区域，或是当地颇具生活特色的社区，我们会徒步，以免错过任何不希望错过的东西。我们在罗马住了4天，算是踏平罗马城了。

罗马只有两条地铁线，贯穿东西南北。地铁里，涂鸦文化得到了充分体现。

我们先去了著名的罗马斗兽场。天下着雨，斗兽场显得有些苍凉，别有风味。原以为斗兽场内是一块平整的地面，就像斗牛场一样，却发现斗兽场的地板是被掀开的，下面有设计精密的地道，与角斗士厮杀的猛兽就关在地下这些地道里。

罗马保护文物的意识和能力让人叹为观止。罗马市政厅居然建在历史废墟之上；宏伟的威尼斯广场上，布满米开朗琪罗的杰作，文艺复兴时期的盛况似在眼前。栩栩如生的雕像，让我的目光舍不得离开。在市区内游走，宛如参观一座巨大的历史建筑博物馆。

罗马市内存在着这个世界上最小的国家——梵蒂冈。教廷内的装饰和雕刻异常精美，每一幅画面、每一个场景都蕴含着丰富的故事，注视久了，仿佛置身其中。我抬头看久了都感到脖子痛，不禁赞叹以前作画之人高超的画技和惊人的毅力。登上梵蒂冈大教堂的屋顶，即见广场外面的罗马，过了马路就出国了。这弹丸之地，是全世界天主教的中心。据说瑞士的士兵对教廷最忠诚，所以现在还是沿用瑞士人做卫兵。

台伯河畔，矗立着著名的圣天使堡。传说当年罗马闹瘟疫，只有躲在这个城堡里的人幸免于难，人们就相信是上帝派了天使守护城堡，圣天使堡因此得名。近年历史谜题题材的影片走红，使这些充满历史感和故事传说的建筑更具魅力，令我总想探寻那些古老木门背后是否藏着不为人知的秘密，宗教和科学是否又存在某种奇妙的关联，宇宙万物是否受一些密码支配。

意大利鲜花广场上矗立着布鲁诺的雕像，身披带帽的长袍，被帽子所遮盖的面容漆黑空洞，有点像《魔戒》里的黑骑士。历史记载，他被认为提出异端邪说，被烧死在这里。这个著名的鲜花广场，现在是个蔬果市场。

旅途中遇到一个独身旅行的香港女生，她说自己带着从图书馆里借的一本*LONELY PLANET*罗马分册就

登顶梵蒂冈的圣彼得大教堂，在离上帝最近的地方俯瞰

通往圣天使堡的桥，桥上有十尊天使雕塑，感觉类似于佛教的十八罗汉

鲜花广场上矗立的布鲁诺雕像，当年他因宣传『日心说』被烧死在这里

跑出来了。说起自己读大学的时候，坐火车一路从俄罗斯东欧沿地中海往中东方向旅行，海湾战争突然打响，也就打道回府了。她笑言：“你们应该猜到我有多老了。”她听了我们签证的繁复经历后非常惊讶，她随时买张机票就出发了。我们真是活在两个不同的世界里啊。聊到法国的圣米歇尔山，当她得知西瓜猫这么清楚这个地方却没去过的时候，说了一句令我印象非常深刻的话：“如果我有一个地方想去却去不了，我会很难过的。”告别了香港人，西瓜猫提出再去一次斗兽场，看黄昏的光线变化。还

去了只有朝圣者双膝跪着攀爬的圣阶。

我们一路看的古迹文物，年代跨度相当大，其中有相当一部分是当年罗马人从埃及和希腊抢来的。万神殿、西班牙台阶，一砖一瓦都是历史，游走其中，会让自己忘记时间。罗马人真是生活在古迹上，在我看来很神奇，但却是他们的日常生活。

台伯河南北向贯穿罗马城，大部分游人聚集的景点在东岸，西岸则是当地人的社区，商业气息淡，生活惬意。没有时间的约束，脚步十分轻松，可以尽情感受罗马城的风情。深入居民社区，你会觉得自己不是一个匆匆的过客，似乎贴近了当地人的生活。走累了，坐在街心公园的长凳上，享受一下午后的阳光。只要撒点面包，很多鸽子马上围来你周围，地上却看不到鸽粪。街上有不少艺术家自得其乐地表演着自己的拿手好戏，水平相当高。罗马的废墟都是流浪猫的乐园，著名的阿根廷废墟里居然群居着几十只大肥猫，它们不吃猫饭吃意粉，西瓜猫乐得不行。

意大利的食物甚是美味，不用太刻意去找，路上都有很多。

梵蒂冈的瑞士籍卫兵

流浪猫的天堂——阿根廷广场，吃意粉的流浪猫

只是人流大的地方价格较贵，深入街巷的就会便宜一点。我们在西岸的巷子里享受了一顿披萨，好多大虾，才几欧元。罗马火车站附近有一家百年冰淇淋老店，品种很多，一个大大的三色球才1.5欧，美味！我们每天都去打卡。

为了交通方便，我们订了一家在罗马特米尼火车站附近的华人旅馆，200多年的房子，很干净，绝对有三星级酒店水平。房间在三楼，窗外就是居民街区。50欧一晚的住宿费用含每天的两顿饭，想吃什么只管跟房东说，房东非常热情，也会推荐她的拿手好菜。

临走前一晚，我们去了许愿池。据说背对许愿池，从左肩抛一个硬币并许愿，愿望就会成真。大家都在轮着抛硬币，我也抛了一枚人民币，西瓜猫说："我还有港币呢，需要吗？汇率更低！"

威尼斯，终将沉没

从罗马坐火车一路向北，车厢很干净，速度也很快，看着沿途风景，转眼火车已经开到了海上，到威尼斯了。看看表，全程大概4小时。我们住在主岛北面海边一家的家庭旅馆，50欧一天的两室一厅，下火车后步行约20分钟就到。

从天上俯瞰，威尼斯就像一条鱼，畅游海上。

水城威尼斯由几个岛屿构成，岛上水路纵横交错，将岛划分成零星的碎片，没有马路和汽车，都是很容易迷失方向的小巷。据说迷路是在威尼斯最好的消遣之一。我们只在纸上标注了几个重要地标的方位，然后就像定向越野一般游玩。如果赶时间，你只需要跟着人流，就能走到里亚多桥（Riato Bridge）、圣马可广场。

贡多拉是穿行于威尼斯狭窄水道上的特色交通工具。划船人技术很好，都经过严格的考核，修长的贡多拉在狭窄的水道中穿梭，船首船尾居然还可以轻盈地避免刮碰到岸沿。12欧1天的水巴通票，任意乘坐，如果厌倦了行走，这也是到达目的地最快捷的方法。

威尼斯的街道商业气息浓厚，物价比其他地方高。因此很多本地人都移居主岛之外，主岛上的基本都是商人，和丽江非常相似。玻璃和面具是威尼斯的特产，琳琅满目的玻璃手工制品和极具喜剧效果的面具充斥商店的橱窗，煞是好看。随性晃悠的我们

繁忙的威尼斯大运河

深入了留守居民的社区，刚好遇到了小学生放学，我们跟着几个小孩，想看看他们放学了都有什么安排。远处钟楼的钟声响起，把我的思绪带得很远。

出发前看了一部1979年的老电影《情定日落桥》，里面有个发生在威尼斯的场景：每当日落黄昏，钟声四处回响的时候，坐着贡多拉从叹息桥下经过时，一个深情的拥吻可以使爱情天长地久。电影里面的一切场景和我们看到的几乎一模一样。他们经过的地方我们也走过。等我们七老八十的时候，又一次携手重来，威尼斯还是现在的样子吧！

日落时分，我们登上钟楼，俯瞰附近的水道和广场。空气清透，水面、近处的教堂、远处的小岛笼罩在夕阳的余晖中，让人不禁看得出了神。傍晚6点，钟声会在耳边响起。

威尼斯有很多美味。里亚多桥附近集市的小巷里，藏着不为人知的墨鱼面。很好吃，吃完满嘴乌黑。

离开主岛后，可以到附近的玻璃岛去看看。众多琉璃手工艺作坊散落其中，基本都是前门店后工场，个别可开放参观。工匠将玻璃栓在钢管的一头放在窑炉里烧，颜色从黄至火红，然后融化，再迅速将玻璃胚子从窑炉取出，通过在钢管另一头吹气及用钢钳塑形。待其冷却后，上色或打磨，一件艺术品就此诞生。

由于全球气候变暖，威尼斯正随海面上升而沉没。每逢暴雨或汛期，广场和街道都会上演水漫金山的一幕。所以要来请趁早。

米兰，活色生香的日常

说起米兰，就会想起时装周、T台时尚。因为一张经米兰到米克诺斯岛的廉价机票，我们邂逅了米兰。

在火车上看书看得入神，火车停定的时候，我以为是在荒郊给过路车让道，周围完全是一个废弃厂房的感觉。当听到终点站播报时，我惊愕得连拍照留影都忘了。国内的火车站多现代啊！走出火车站，一转身，嚯！整一个博物馆的气派。火车站的主体是一座传统的类似教堂的古旧建筑，内里却空荡荡的，似乎只剩下了外壳。

米兰的中心区是一个圆形区域，众多名胜建筑都在其中，地铁皆可到达。我们只在米兰待半天，放下行李后，就坐地铁直奔世界上最大的哥特式建筑米兰大教堂。教堂内部庄严肃穆，有教徒在虔诚地做礼拜，也有人在小黑屋内向牧师忏悔。室内灯光昏暗，户外的阳光通过教堂高处的彩绘玻璃窗透射进来，地上出现了七彩的光斑，而玻璃窗上精美的图案闪烁着神奇的光芒，就像小时候看的幻灯片一样，美轮美奂。

教堂的西北侧就是著名的“名店一条街”埃马努埃尔二世长廊，作为米兰的名牌集散地，有很多人来扫货血拼。我们还见识了不少大牌玩跨界，比如原来奔驰也经营服饰。店员似乎特别青睐亚洲面孔，可能中国人的消费能力实在太强了吧。

这里还有一家挺有名的“大饺子”店，我们慕名而去。果然好吃，但至少比饺子大两号。店里没有座位，可以站在桌子边吃。

第二天清晨，天还没亮，我们惺忪地来到机场，慢悠悠地办理了登机。起飞时，天边露出了一丝曙光。传说中的爱琴海，等会儿见。

奔驰也卖衣服

米克洛斯，迷失在爱琴海上的蓝白之间

地平线逐渐泛白，窗外的天慢慢亮起来。向米兰东南飞行两个多小时，飞机开始下降，云层之下的爱琴海湛蓝如许，几个黄土覆盖的小岛星罗棋布，米克洛斯岛（Mykonos）就在其中。希腊有很多海岛，它们都有一个很鲜明的标志——植被很少，黄土外露，房屋的外墙都用白油漆粉刷，屋顶多为红色或蓝色。米岛小镇就在海边，四个“S”可概其卖点：Sunshine灿烂的阳光、Sea深邃爱琴海、Sands细白的沙滩、Sex性感美人。西瓜猫说，米岛蓝色的屋顶、白色的墙、清澈透明的海水、慵懒的猫、日落时的风车、迷宫一样的巷子，满足了她对爱琴海的向往。

米岛很大，镇中心在岛西面的山脚下，紧临爱琴海。镇里有很多餐馆、Cafe、特色小店，商品和美食琳琅满目地洋溢着爱琴海风情，慢慢晃悠是个不错的选择。海边是深水港，邮轮在此停靠，来往穿梭于爱琴海和地中海。近海山坡上，有几座大风车，面朝大海迎来送往，是观赏日落的好地方。在街道上行走，偶尔会看到门前悬挂的彩虹旗或涂抹的彩虹油漆，这是同性恋的暗号，别敲错门了。

著名的天体海滩在远离镇中心的另一侧，翻山越岭才能到达。我们在镇中心租了一辆四轮摩托车，印象中是10欧半天吧，给钱就行，驾照也不用。不过这玩意儿马力有限，我和西瓜猫两个轻量级选手坐在上面，遇到一个陡一点儿的坡，它直接罢工，要下一个人减轻负重才能勉强爬过去。天体沙滩不大，沙子很粗，水却很清澈冰冷。原以为这里到处都是赤条条的肉体，却失望地发现真正坦诚相见的人并不多。不过大家都很大方，裸背晒太阳的男男女女还是没有半点羞涩。欧洲白人认为肤色

米克洛斯岛的小威尼斯

在米克洛斯岛上自驾四轮摩托

提洛斯岛上纳克索斯人奉献给阿波罗的石狮，真品在博物馆里，这是复制品

深代表你假期有能力去阳光海滩度假，所以他们抓住一切机会晒黑自己。这种环境很容易融入，不会觉得不好意思，穿着衣服反而会格格不入。

和意大利人一样，希腊人也非常爽朗、不修边幅，这和地域经济水平不无关系。虽然同属欧洲，南欧人民相对草根，没有贵族礼仪的约束，更亲切自在，所以很容易和他们打成一片。

这趟米岛之行非常划算，两晚民宿加两人从米兰到米岛的机票才130欧。我们去的时候是民宿mid-period，介乎于淡季与旺季之间，牌价是95欧/天，我们在EasyJet订机票的时候刚好碰到打包促销，住宿费是原价的二五折。所以留意航空公司的促销信息可能会有惊喜。

民宿在山腰上，大大的房间有望海阳台，民宿下面就是镇中心和爱琴海。这种地方适合我这种喜欢睡懒觉的人，每天望着爱琴海，吹着海风，晒着和煦的阳光，非常惬意。做白日梦的日子，能一直不醒多好啊。

夕阳下一切都很美好

希腊，历史与神话之间的迷离

很小的时候，父亲就教我认万国旗，我也认识了很多国家的名字，其中就有希腊。但真正让我对希腊留下深刻印象的，是《圣斗士》这部动画片。女神雅典娜、黄道十二宫、雅典卫城，多么神奇。我至今还迷信身体内的那个“小宇宙”，能爆发出自己无法想象的能量。

希腊是一个充满神话的浪漫国度，它的历史总是和神话故事交缠在一起。我们此行走访了位于爱琴海提洛斯岛、伯罗奔尼撒半岛的那普良和迈锡尼，当然还有无法忽略的雅典。每到一处，就像拾起一颗耀眼的明珠，让人爱不释手。在米岛西北面不远处，有一个叫提洛斯（Delos）的小岛，传说是太阳神阿波罗和月亮神阿尔忒弥斯的诞生地。

我们在提洛斯岛待了半天，岛上不能过夜，只能白天坐船前往。我专门买了一排晕船药，上船前吞了一颗，几乎所有的旅行攻略都提到，“颠簸剧烈，对晕船的人是个很好的锻炼”。提洛斯岛曾经是雅典海上霸权的根据地，是鼎盛一时的世界商业中心，意大利、叙利亚、埃及等地的富商纷纷来此定居。Delos一词在希腊语中是明珠的意思。然而在公元前1世纪，小亚细亚人攻占了这里，岛上1万多人全部被杀，从此提洛斯岛被世人遗忘。据说，每当有船意图靠岸的时候，海上总会翻起大浪，仿佛是岛上的亡灵不愿意被世人所打扰。

不过30分钟，我们从热闹的米克洛斯来到提洛斯，繁华背后是苍凉。公元前10世纪，这里是爱琴海政治、文化中心，神庙、神殿、剧场等宏伟建筑矗立岛上。两千年前，外敌入侵，一夜之间整个小岛哀鸿遍野，从此人迹罕至。站在山岗的废墟上，风声在断壁残垣间像千古逝者的哀号，让人不寒而栗。

几天后，我们飞抵雅典。雅典的历史遗迹无处不在，和罗马不分伯仲。关于现存遗迹的年代和归属，目前尚无定论。也正因如此，雅典披上了一层神秘的面纱，引人入胜。

近年希腊经济节节败退，雅典显得非常萧条。宪法广场有一条步行街，算是比较繁华的地方了，但还是可以感受到生意惨淡。我们订的酒店位于共和广场，房价比宪法广场便宜一大截，

雅典奥林匹亚宙斯神庙遗迹

雅典宪法广场上的换岗仪式

但据说晚上治安不太好。其实两个广场相距并不远，接近共和广场的区域，城市的喧闹逐渐褪去，取而代之的是黑暗和寂静，路灯昏暗，两边的房子也旧。自己注意点就好，没有传说中那么恐怖。

卫城在山顶，坐车到山脚再步行上去，俯瞰雅典全城。亲临其境，没有黄道十二宫，更没有守宫的黄金圣斗士。一切是那么的平静，那么的安详。上山路上遇见了一位神仙似的老奶奶，抓着西瓜猫的手慈祥地说了很多话。但我们听不懂。她送给我们几颗种子，种子代表的是希望，是这个意思吗？

宪法广场中午有士兵换岗仪式。广场地底下是一个古迹博物馆，再下面就是地铁站了。广场上面经常举办不同的展览，那天刚好在举办一个环保展。

从市郊的客运站，坐大巴向西走了一百多公里，到了位于伯罗奔尼撒半岛的那普良（Nafplio），希腊的第一个首都，曾被誉为“东罗马帝国的那不勒斯。”它现在是个安静的海边小镇，从小镇的一头走到另一头，也就十来分钟。

在那普良，感觉很舒服，没有在高速运转的大城市的不自在感。人生只有一个终点，何必天天都走得那么快呢。可以坐观光小火车绕城游览，也可以在街道里随意逛逛。山顶是个中世纪的城堡，风景独好。城堡是要收费的，但那天运气好，恰好免费开放。城堡旁边有一个很小的岛，曾经是一个监狱，关押一些重犯。斗转星移，时光流逝，一样的地方，有不一样的心情。

那普良附近有一处叫迈锡尼（Mycenes）的古城遗迹，极盛于公元前13—16世纪。就是带头搞特洛伊战争，最后以木马取胜的那一国。在一个解说牌上看到，这些石头最早是公元前3500年的，估计

古希腊的亚里士多德看迈锡尼的人，就像我们现在看他一样，是看“遥远的古人”。《圣斗士星矢》中狮子座黄金圣斗士Leo Mycenae就是以迈锡尼命名的，这也许是从遗迹中的一个狮子门联想而来。

古城遍地黄金，墓葬很豪华。但希腊对于遗迹的保护显然不足，没有太多的隔离措施，任凭古物日晒雨淋，甚为可惜。很难想象，几千年前的文明已经如此盛况，人类还会有多少个千年？

如果有充足时间，希腊还可以慢慢走走，天空之城——梅黛奥拉、沉船湾、圣托里尼……

那普良的威尼斯堡垒，最初是一个军事要塞，后来做过监狱、酒店

第二章

穿越火山灰，那是一个奇妙的世界

冰岛火山世纪大爆发后，欧洲全境出现了9·11以来最严格的航空管制，直到航班预定起飞前72小时，所有机场网页的航班列表都是Canceled！出发前一天，航班逐步恢复，就这样，我们又一次降落在欧洲大陆。

Day 1

广州—香港—巴黎

Day 2

巴黎

Day 7

CK

Day 8

CK—Hallstatt

Day 3 巴黎—布拉格

Day 4 ~ Day 5 布拉格

Day 6 布拉格—CK

Day 9 Hallstatt

Day10 ~ Day11 Hallstatt—维也纳—香港—广州

巴黎，流动的盛宴

复航第二天，香港机场仍滞留大批前往欧洲的旅客，自己有幸如期起航，心中充满感激。要知道，一年只有10天年假的人筹备一次旅行要提早大半年，当什么都确定好的时候，最怕突发变故。到达荷兰阿姆斯特丹时是当地时间5：15，在荷兰入境欧洲一切顺利，没什么波折。而且机场不大，走起来不累。清晨机场的店铺已开张，那些鲜花很提神养眼。

7：15飞机再次起航，8：30就到了巴黎。因为捷克和奥地利在广州没有领事馆，我们选择了法国签证，取道巴黎。坐机场铁路RER-B线到市区，每人8.5欧，可免费换乘市区地铁。我们订了一晚65欧的宜必思连锁酒店Ibis Paris Tour Eiffel Cambronne分店，在塞纳河南岸埃菲尔铁塔附近，近地铁，干净整洁，该有的都有。

踏出酒店，春天的气息扑面而来。因为只待一天，我们在地铁站买了5.4欧的地铁日票，单人不限次任坐。如果单次购买则每次1.1欧。巴黎地铁是按区域收费的，日票分几类，每一类限定在一个区域内活动。我们选择了最内圈，基本覆盖了埃菲尔铁塔、凯旋门、香榭丽舍大道、卢浮宫、歌剧院、圣母院、蒙马特高地等市区热门景点。

4月末的巴黎，满地飘落的樱花瓣

法国人不太愿意讲英文，如果你开口“Excuse me”，很可能遭受冷遇；但如果你说“Bonjour”，很可能换来友好的回应。搭上了再讲英文，对方也就不好意思不搭理了。

凯旋门正在维修，两边的浮雕是伪装的，一开始我们并未觉察。从香榭丽舍大道步行至卢浮宫，白天人超多，慢慢走，不知不觉就走到了金光闪闪的巴黎歌剧院。据说以前人们盛装打扮来到这里，名为欣赏艺术，实为风花雪月、卿卿我我，所以这里发生过很多八卦故事，连大楼梯的扶手都是被当年女宾们的裙裾磨亮的，可想当年的盛况。歌剧院门外人潮不息，很多人在围观黑人卖艺。

圣母院位于塞纳河心小岛上，它的外墙和玻璃窗让我突然想

巴黎圣母院楼顶，凝视千年的滴水兽

塞纳河边的恋人

起了广州的石室圣心教堂。作为热门景点，排队入内的人群贯穿整个广场。跟着人龙登上楼顶，看一看没有什么高楼的巴黎。这陷入深思的“滴水兽”千百年来一直凝视着这座城，历史在眼下流淌，身躯却纹丝不动。如果遇上多云下雨的天气，则更添一丝诡异。

塞纳河边有一对可能在拍婚纱照的情侣。一对白发苍苍的夫妇携手走过，相视微笑。我好像听到老爷爷在说："老太婆，你想看我们就停下来，让你慢慢看。"其实说什么并不重要，只是那笑容令人觉得很幸福。不知道他们有多大年纪了，每天都这样互相搀扶着外出，依旧有说不完的话吗？看着他们，让人不再害怕容颜老去。

傍晚时分，我们来到了蒙马特高地欣赏巴黎夕照。并再一次见识了广场文化，有位兄弟站在栏杆上表演颠球，技术高超却不图打赏。游人如织影响了我们的兴致，先用晚餐吧。酒足饭饱，返卢浮宫散步，白天的繁华落幕，夜色中的卢浮宫格外静谧。电影看多了，总觉得达芬奇的密码就在玻璃金字塔下。

夜幕下的卢浮宫褪去了白天的喧嚣

布拉格，波西米亚的秘境

临行前很多人问去哪里，我说布拉格，他们不知道布拉格，我说捷克，他们则问怎么想起去那儿玩？四五十岁的人会接一句捷克斯洛伐克，或提到布拉格之春苏联的坦克，或说捷克的水晶很漂亮。这令我觉得捷克是一个很边缘的地方。其实翻开地图你会发现捷克恰恰是欧洲的心脏。

捷克不在欧元区，只流通捷克克朗，而且只能在捷克境内兑换，国内是换不到的，除非去黑市。布拉格到处都是兑换店，但汇率差异很大很不划算。最好携带有VISA标志的借记卡，从有VISA标志的提款机取现，加上银行国际取款手续费都比兑换店划算。

机场门口有前往市区的巴士，当车在停在一个大斜坡上，我看见路的尽头有一条河流，河对岸有许许多多红色屋顶。布拉格，惊鸿一瞥！

伏尔塔瓦河贯穿布拉格南北，河西边是半山，有旧皇宫；东边是老城。

老城区不大，步行可以慢慢逛、细细看。著名的老城广场在老城区中心，黄昏的老城区广场镀上了一层迷死人不偿命的金色。“我就站在布拉格黄昏的广场，在许愿池投下了希望，那群白鸽背对着夕阳，那画面太美我不敢看……”蔡依林的《布拉格

倒影中的提恩教堂

广场》不知道忽悠了多少人，布拉格没有布拉格广场，只有老城广场。但即使没有歌词中的几样东西，画面依然很美，我的眼睛很忙，手也闲不下来，和所有游客一样举着相机。

提恩教堂又称魔鬼教堂，据说它的双塔一个代表亚当，一个代表夏娃。我觉得它有股神秘的力量，很适合做神怪故事的背景。我绕它走了几遍才发现，

老城街巷中，一个出人意表的雕塑

它的门原来在看下去左面那条小路进去的地方。里面不让拍照，我只记得很朴素，和它张扬的外表差远了。

老城广场的又一主角——天文钟实在太美了，刚刚落成制造者就被刺瞎了双眼，以防另一个同样美丽的大钟出现。正点的时候，十二门徒会在小窗轮流出现。一天我8点去，十二门徒没有出现，9点敲的那次才出现，而且这个钟不准时，慢了大约2分钟。每天下午，钟楼上会有人盛装吹号。

布拉格号称“百塔之城”，但我们觉得它的桥更有魅力，不同角度有不同的味道，佼佼者当数查理大桥。逢山开路，遇水搭桥，桥让人通往彼岸，但查理大桥总是让人忘了这个功能。我们从老城广场到对岸的城堡，经过查理大桥时却停下了。桥两边的雕塑神态各异，栩栩如生。傍晚时分太阳的余辉从西岸而来，整个桥面金灿灿的。白天这里游人熙来攘往，只有日落后和黎明时分，才享有难得的安静。

对我来说，美丽的城市，一定少不了一条流经城市的河流，我

老城广场上的天文钟，已走过600年岁月

有时会想，如果没有河流，也许也不会有城市了。伏尔塔瓦河是布拉格的河流，查理大桥是河上最好的风景。在查理大桥建成后的400年间，伏尔塔瓦河上就只有这一座大桥，现在布拉格已经有了十几座桥，但查理大桥依旧是很多人心目中的唯一。

查理四世在14世纪下令建造查理大桥，砖石所砌的桥，没有用到一钉一木。查理四世在位期间，是波西米亚王国最强盛的时期：他登上了神圣罗马帝国皇帝的宝座，统治着包括巴伐利亚在内的七大诸侯国，布拉格是名副其实的欧洲中心。所以，查理四世成为了捷克人最怀念、最尊敬的统治者。

第一次走上查理大桥的时候，是一个黄昏，人的影子被拉扯得很长。这种光线下，最适合牵手、相拥、接吻，或者观赏接吻，或者看民间艺术家们的表演。在这里摆摊的都是持有牌照的民间艺人，有卖画的，也有演奏的音乐。

查理大桥上的几十座雕塑，大多和宗教故事有关。我能认得出来只有最出名的杨·约翰，他因得罪国王被处死，在雕塑所在的位置被扔下河。现在人们最热衷的活动就是排队摸他雕塑底座上的浮雕，据说摸不同地方有不同含义，但大多数人都是乱摸。实际上所有雕塑的原件，都被送进了国家博物馆，继续它们未完使命的是复制品。

我们专门在清晨6点再次前往查理大桥。大街上有轨电车载着上早班的人叮当而过，此刻的查理大桥还不是游客的大桥，而是属于布拉格人的。拿着公文包上早班的人，步履匆匆从这里走过，对眼前的美景早已习以为常，丝毫不会放慢脚步。对岸的城堡沐浴在晨光中。也只有此时，不怕有人在你拍照的时候碰到你的肩膀，没有了喧哗，你可以听到自己的脚步声，还有伏尔塔瓦河流淌的声音，也只有此刻，你才会产生时空交错的错觉，任思绪飘到遥远的年代，触碰大桥厚重的历史。

查理大桥一边的河西岸是布拉格的小区，各国领事馆聚集，安保

清晨6点，一个人来到查理大桥。也只有在这个时候，才能嗅到它一丝神秘的气息

工作自然严格。小区位于城堡区的下方，是典型的天子脚下，由8世纪时一个小小的市集发展而来。如果想在布拉格购物，这里无疑是个好选择，只是我没有这方面需求。如果把小区独立起来看，它也是非常可爱的，上了年纪的建筑、古典风情，该有的都有，只是放在布拉格它只能是个配角。在整个老城的中心，这里的生活气息最浓，上班的时候会堵车，有轨电车一辆接一辆，在这里你会感觉到，这个城市不只是一个展示过去的露天博物馆，还是人间烟火所在。

小区有缆车到山顶，在山顶可以登上瞭望塔看布拉格全景。布拉格城堡区包含了修道院、皇宫、几个广场和教堂，前前后后建了1000多年！现在，皇宫成了总统府，整点的换岗仪式还是苏联解体后才有的。第一次来到城堡门口是11点，刚好赶上换岗，和雅典的比起来鞋子、动作都不夸张，就像游客的一个余兴节目。

城堡里有座圣维特大教堂，查理四世放下了第一块基石，建成已经是600年后，城堡下的世界早已换过几次模样。教堂没有巴黎圣母院的气度，但窗花比圣母院的精美。为了进皇宫看看那个能骑马进入的大厅，我们花钱买了票，但皇宫里面不让拍照，所

以只留下了依稀的印象。皇宫不大，朴实无华，自带一座布置简单的小教堂，就不知道皇宫里面有没有秘道之类的东西。说起来，皇宫朴实到我们第一次来竟然没找到。

黄金巷是文艺青年的聚居地，卡夫卡曾住在这里，现在这里是旅游纪念品一条街。卡夫卡只是这里的一块招牌。来到卡夫卡曾经的住所，只看到了他的几本书。卡夫卡对布拉格又爱又恨，他生在布拉格，死在布拉格，无法想象布拉格这个城市能把一个人塑造得如此悲剧。卡夫卡的身世我略知一二，布拉格的黑暗时期我也略有所闻，也许我和大多数游客一样，只看到了繁华的表面。

在布拉格，房子上各式各样的徽章也是一大特色。屋外墙上经常会看到像中国日晷的钟，但我看不懂它怎样计时。路上很多创意设计也耐人寻味，晚上走过老城街道时，小心被吓着。

推荐两个登高的地方。一个是半山腰上据称巴黎埃菲尔铁塔缩小版的小铁塔，与埃菲尔铁塔差不多同时代，只是小了不止一个号，是看布拉格全景最好的地方。

登塔那天阴晴不定，中午还下了一场不小的雨，我们祈祷太阳赶紧出来，让我们能看到漂亮的红色。卖票的阿姨穿着传统服装，印象中布拉格就这个景点是这样。塔的负一层有个古代服装展览，幸好展厅光线充足，否则我不想看这些有点发霉的衣服，有点诡异。塔不高，很快就到顶了，没有高楼的布拉格真让人喜欢。太阳出来，露出蓝天，能看见城堡区和伏尔塔瓦河。

登高胜地另一个是咖啡厅。这是韩剧《布拉格恋人》和日剧《交响情人梦》的取景点，搜布拉格视频的时候无意发现的，我们根据外形在google map上圈了它。其实这个地方很好找，在查理大桥上就能望到，从紧挨查理大桥的一条大桥过到小区这头，就能看见上山的路，走上去大约10分钟。第一次上来的时候遇到下雨，咖啡馆竟然还满座

老城广场上，偶遇一对幸福的新人，眼中写满了爱意

天空阴晴不定，却在我们登顶之后，云开日现，露出一大片红色的海洋

了，于是晴天又来了一次。这个地方适合看布拉格的桥。

住宿，我希望能步行到老城广场、查理大桥，且闹中取静。看了无数前人的攻略后，还是自己在booking上面按照价钱、远近、评价选中64欧一晚的Apartment Konvikt，电视、洗衣机、吹风筒、冰箱、电炉、锅碗瓢盆、洗洁精，还有不同大小和类型的杯子、盘子，应有尽有。

布拉格，一个节奏不快的城市，一个充满神秘色彩的地方，每天总有逛不完的街道、吃不完的美食，3天一转眼就过去了。坐上预先订好的大巴，我们即将前往南波西米亚小镇CK。

暮光之城
——谁在守护CK的古堡

CK（Cesky Krumlov），中译名捷克克姆洛夫，是捷克南部一个著名的波西米亚山麓小镇，接近捷克与奥地利，一条小河蜿蜒围绕着它。由于没有受到工业革命的影响，小镇还一直保持着淳朴自然的气息，房屋上的彩绘与罗马、巴黎、布拉格等城市不同，小镇没有雕栏玉砌，只通过精美的彩绘为房屋“穿衣戴帽”。彩绘塔是CK的地标，在古堡的门廊处，居高临下，和气势恢宏的克罗姆罗夫城堡在一起，是全镇最高的建筑。

CK很小，伏尔塔瓦河在这里拐了个大弯，河湾中间就是镇中心，北岸则是城堡。在这里不需要任何交通工具，步行即可。900年前，这里曾是波西米亚地区的交通和商业重镇。

克罗姆罗夫城堡在山上，俯瞰着整个城镇，给人一种威严的震慑感。相比CK城镇的规模，始建于13世纪的捷克第二大城堡显得硕大无比，最初它只是个战略要塞。神一直在那里，静静地看着这片土地。但入夜后，宁静的古镇让我心生不安。城堡让我觉得很压抑，我总感觉有什么躲在它的背后，是传说中的公爵吗？古堡以往的主人是一个显赫的家族，熊是这个家族的象征，城堡中一直饲养着熊。而今主人已灰飞烟灭，熊仍困在城堡中。小镇的夜晚有一些免费的夜游团，街口桥头有人擎着蜡烛和大伙儿讲故事、游城堡。有点阴森恐怖，总觉得是吸血鬼派来的使者，我不敢去。

城堡一侧向小镇，另一侧则向城外。城外开阔多了，少了那份压抑。呼吸着春天的气息，忽然觉得无忧无虑的自由那么可贵。

我们住在镇中心河边的旅馆Penzionek Olšakovský。据说是一对很漂亮的年轻夫妇开的，我们来到的时候他们不在，是他们的母亲接待的我们。老太太的英文尚可，交待好所有事情并且收了房费以后就消失了，房间可以通过客栈网址预订。旅馆的早晨也很丰盛，先和房东说好用餐时间，房东就会提前做好，放在指定位置，我们自取后拿到院子里，在朝阳下慢慢享用。从旅馆院子望过去就是城堡和彩绘塔了。我们订的是阁楼，别致舒服，但是不能开窗，因为河边飞虫很多。

CK人很少，餐馆很多，唯独一家是铁定爆满的，叫Tavern Šatlava，最有名的是咸猪手，整整一只才180克朗，约80人民币，烧得不肥不腻，令人意犹未尽。去之前一定要提前预订，我们通过

街角

店家墙壁上贴满各国货币，意为本店『世界闻名』

南波西米亚的玫瑰之城，少不了几段故事和传说

电邮订了晚餐，到店后等两个小时才有空位。河边有家羊排也很美味，午餐时我们居然各吃了两份。餐厅墙壁上贴满了各国的纸币，以表现自家店面“世界闻名”！

随处逛逛，晒晒太阳，看看书，真好。如果刚好遇到小镇广场上搞活动，还可以参与狂欢。这里没有任何污染，傍晚的天蓝得深邃，除了日后见到的诗巴丹的深海，我未曾见过如此晶莹剔透的蓝。有时候，美好很简单，就这样安安静静，感受岁月便是。

Hallstatt
——阿尔卑斯山麓的仙境

我们在CK通过旅行代理（http://www.shuttlebus.cz）和别的旅行者合租了一辆面包车，离开捷克前往看不出与之有国界的奥地利——汽车驶过了一个标志牌，甚至连车都没有减速，就已经到了。高速公路的左边出现了一个很大的湖，清澈明亮，蜿蜒入山，云雾缭绕。一路在车上拍照无数，只不过一到Hallstatt，之前所见随即变成浮云，沿途所拍照片也几近成为废片。Hallstatt依山傍水，木质民居和山上的新绿在阳光底下十分耀眼。它标志性的钟楼就位于小镇的最中心，下车没走几步即出现眼前。

Hallstatt在阿尔卑斯山麓，是奥地利西部的一个小镇。在中国经拥有很高的知名度。镇中心广场旁有一条小巷子，里面有一家百年餐馆，以卖Hallstatt湖里的鳟鱼出名，我们一连去了两晚，真的非常好吃，也不算贵。

小镇很宁静，我们碰到不少台湾、韩国、日本的游客。这里主要讲德语，很多德国人周末来度假，小镇历史悠久，当地人将它的自然和人文都保存很好。

雨后清晨，小镇沉浸在一片烟云之中，湖面水汽蒸腾，缭绕出童话般的世界。天晴也很美。这里的树也很“童话”，贴着墙生长。开门发现门口就是野生天鹅的家，感觉很奇妙。

Hallstatt的意思是“铁器时代早期”，这里发现了几千年前人类活动的遗迹，被联合国列为世界文化遗产之一。小镇还有一个可以追溯到公元前1000年的盐矿，盐矿至今仍在开采。18世纪小镇挖出一个保存完好的盐片，记录了多少年前工人的活动。

听了旅馆老人的介绍，到小镇的第一天，我们就去了盐矿。五月初夏，在树林中走，又闷又热，

来Hallstatt小镇看云卷云舒

向左还是向右，人生总会面临抉择

前往维也纳的火车即将入站

有比这里更适合野餐的地方吗

Hallstatt镇中心1888年时的影像，照片来自镇上的一家饭店。这和我们此次看到的一模一样

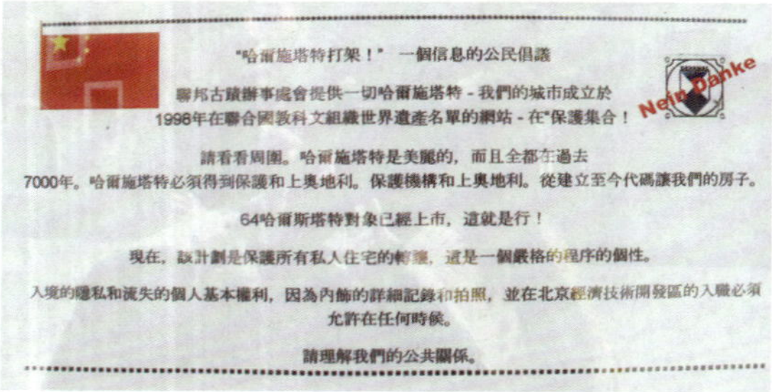
"哈爾施塔特打架！" 一個信息的公民倡議

聯邦古蹟辦事處會提供一切哈爾施塔特 - 我們的城市成立於
1998年在聯合國教科文組織世界遺產名單的網站 - 在"保護集合！

Nein Danke

請看看周圍。哈爾施塔特是美麗的，而且全都在過去
7000年。哈爾施塔特必須得到保護和上奧地利。保護機構和上奧地利。從建立至今代碼讓我們的房子。

64哈爾斯塔特對象已經上市，這就是行！

現在，該計劃是保護所有私人住宅的轉讓，這是一個嚴格的程序的個性。

入境的隱私和流失的個人基本權利，因為內飾的詳細記錄和拍照，並在北京經濟技術開發區的入職必須
允許在任何時候。

請理解我們的公共關係。

Hallstatt里的中文告示，还真不完全看得懂

中间经过一段溪流，霎时凉快不少。盐矿参观有专人带路讲解，一批一批进入，大家先到一个房间换上矿工服，在盐矿入口处排队穿过一小段隧道，盐矿里面非常阴冷。接着大家必须坐一道木滑梯进入盐矿，时速达到了26公里，非常过瘾。据介绍，盐分布了很多层，某一层还在开采中，只是现在矿工的工作条件比几千年前好太多。最后一段出矿井的路，我们是集体坐小火车的，每人还获赠一小瓶盐。

在小镇中心乘车，可以到附近的万年冰洞。冰洞在湖的最南面的山上，离Hallstatt大约20分钟。上山缆车分两段售票，第一段是到冰洞。阿尔卑斯山都是这种可以站很多人的大缆车。冰洞这边的山头比Hallstatt背后的小山高多了，山顶终年积雪。冰洞里的

冰终年不化，要多穿点衣服再进去，里面光线很暗，地面非常湿滑，照明只在参观的队伍行经时打开。这个让我想起了杨过、小龙女和小龙女的寒冰床。据介绍，这些冰很容易又封存起来，把路堵上，所以有一定的危险性。

在Hallstatt的西面，有一处叫Gosausee的高山湖泊。天气好的时候，犹如一颗明珠。镇中心有车直达。我们来的时候是初春，湖泊的水位很低。如果夏天或秋天来会非常美。

我住在Hallstatt一家叫Pension Sarstein的家庭旅馆。主人是位非常友善的老先生。镇内镇外的资讯各种介绍，临走前还送我们一套明信片作为礼物，幸好我们也早有准备，回赠了熊猫书签。他们家的房间非常抢手，有意入住最好提早预定。

欢乐的时光稍纵即逝。离别的清晨，坐上渡轮驶往对岸的火车站，恋恋不舍这仙境般的地方。我们回国后不久，得知惠州把整个Hallstatt“搬回去”了，但高人口密度再现不了那份优哉游哉的生活。

维也纳街头的马车

第四章 攀上欧洲之巅

天生我材必有用，千金散尽还复来！这年春节，我们先去了瑞士八天，再从苏黎世飞往英国曼切斯特、伦敦。

Day 1 广州-香港—日内瓦

Day 2 日内瓦—Leukerbad

Day 4 ~ Day 6 Grindelwald

Day 7 Grindelwald—Guarda

Day 10 曼彻斯特

Day 11 曼彻斯特—伦敦

Day 3 Leukerbad—Grindelwald

Day 8 Guarda

Day 9 Guarda—苏黎世—曼彻斯特

Day 12 伦敦

Day 13 伦敦—香港—广州

雪山温泉乡，凝视上帝的眼睛

此次欧洲巅峰之旅的目的地是瑞士和英国，共12天。我们登上了欧洲第一高峰——阿尔卑斯山的少女峰，也去了最伟大的曼联球会朝圣，整个旅程中我心潮澎湃。

瑞士对于个人签证审核较严，手续麻烦不断，给予的签证期限很短，容不得你的假期或旅程有任何变动。所以，建议去欧盟其他申根国领事馆申签。

13个小时的漫长飞行后，5：30我们到达伦敦，马不停蹄，转机飞向日内瓦。飞机在茫茫云海上一直向东飞，突然一片高耸的山脉直插云霄，阿尔卑斯山！瑞士，我们来了。

我们在日内瓦机场，买了一张八天的SwissPass，跳上火车，直奔罗马皇帝曾到过的温泉胜地Leukerbad，欧洲人通常是滑雪后过来放松，我们则是来消除舟车劳顿的疲惫。

小镇在山上，火车来到山脚，换汽车上山。由于阳光灿烂，天气晴暖，我们来到这个海拔一千多米的山中小镇时，才见四周雪山环绕。小镇非常小，只有一条大路，车站和我们的酒店分别在路头和路尾，走完不用十分钟。小镇人多，游客都是来泡温泉的。我们的酒店阳台向西，外面就是雪山，真的是“窗含西岭千秋雪”。楼

Leukerbad雪山下的温泉

下有32摄氏度的温水泳池，冰天雪地之中泡起来有点冷。在瑞士旅游旺季的冬天订到这里，真是运气。

镇中心有个闻名遐迩的温泉，抬眼便是雪山，池子不多，都是水力按摩的，21瑞士法郎/人。

我和西瓜猫买了票进入温泉区后，可以随意选择一个房间，里面有几排衣柜，插上磁卡这个柜子就是你的了。房间里还有几间“房中房”的更衣室。

跳入热气腾腾的温泉池，20多小时的舟车困乏瞬间消退，望着雪山，品一口当地佳酿，不知不觉进入了梦乡。

享受过温泉后，我们第二天就向阿尔卑斯山腹地进发。从Leukerbad到因特拉根会先经过“上帝的左眼”图恩湖，湖很大，有好几个水湾，分别会见到古堡、林立的帆船、小木屋，还有雪山映衬下静谧的湖水，恬淡素雅。

因特拉根是瑞士境内阿尔卑斯山麓的一个小镇， 从Interlaken音译而来，本意是“两湖之间”。

布里茨恩湖，上帝的右眼

山间列车

南倚阿尔卑斯山三大主峰，西面是图恩湖（Thunersee），东面是布里恩茨湖（Brienzersee），两湖之间的因特拉根，风景优美，吸引了世界各国众多游人，也是旅行团必到之处。由于两湖湖水清澈，从天俯瞰犹如两只眼睛，因而有“上帝的眼睛”之美名。

冬游瑞士要避开天气阴沉的大城市去山区，而且要跑到山上去，即便山下迷雾一片，山上见到的也只是脚下的一片云海。这次我们在少女峰，驻扎在海拔1034米的格林德瓦（Grindelwald），既能方便在山峰间穿行，也能在山顶充分享受冬日和煦的阳光。

格林德瓦很小，火车站就在镇中心。我们住在一家有独立厨房和卫生间的家庭旅馆，90瑞士法郎/天，房间布置得很温馨。这又是一个望得见雪山的房间，但格林德瓦四面环山，打开哪个窗户看不到山呢？

布里恩茨湖夏天可以游湖，我们去的那天却不见游船的踪影，只有一两条小船，宁静但并不萧瑟。离日落还有一段时间，我们迎着斜阳，沿湖边走，游人不多不少刚刚好。傍晚时分，金色的夕阳落在东侧湖畔的房屋上，没有鲜红草绿的冬天里，只有银白的大地和金色的阳光，太阳沉没的速度比我想象得要快得多，一片金色铺洒在湖畔的小木屋上，远处是洁白的雪山。夕阳继续加深着背景的色彩，达到顶峰后，突然就暗沉了下去。“无丝竹之乱耳，无案牍之劳形”，大抵如此，也只有自由行可以享受这样的自由和宁静吧。瑞士纯净、祥和，不同的季节风情各异。论雪山美景，贡嘎、四姑娘绝不逊于此，但世界之大，总有别样风情。我经常念想，既然不能延长生命的长度，就尽量扩展生命的宽度吧。

布里茨恩，美得不可方物的火车站

阿尔卑斯，飞越巅峰

祖国西部雪域高原美得让人窒息，天地广阔，让人忘记了尘世的烦忧。阿尔卑斯山没有天地壮阔的气势，却有窈窕淑女的秀美，置身其中，只感到安详恬静。在欧洲，你会感叹交通是如此发达和便利，即便在终年积雪的山川亦然。当然，中国人这么多，开发过度反而会加速自然风光的消亡，所以“无限风光在险峰”也未尝不是好事。

泡着雪山温泉，逛着湖边小镇，呼吸着阿尔卑斯山上带着奶昔味的空气，沐浴着温暖的阳光，享受着恬静的生活，我已经完全进入了“假期模式”了。但接下来的两天可不是懒懒散散就可以应付的了，因为西瓜猫安排了登顶活动。首先要登上欧洲之巅——阿尔卑斯山的少女峰。

开始冲顶了。这里有欧洲海拔最高的火车站，海拔3454米。由于上山坡度陡，所以一般的火车上不去，都要换乘只有三四节车厢的齿轮列车，才能有足够的牵引力把车开上山顶。这段铁路不属于SwissPass通用范围，需要另外买票，一个人十几瑞士法郎。

第一段路程是从格林德瓦到Kleine Scheidegg，这段行程海拔急剧攀升，两旁都是风景，我觉得坐哪边都不会亏。途中绕到艾格峰的背面，刀削一样的绝壁，雪都积不住。第二段在Kleine Scheidegg换乘上少女峰的齿轮列车了，大部分时间在隧道里穿行，中途停两次，每次大约5分钟，有观景台隔着玻璃看阿尔卑斯群山，到达终点后走出观景台，一望无垠。阿莱奇冰河很壮观，如果夏天过来，还可以到冰川上徒步，但冬天由于有积雪所以封闭了，只能眺望。

美丽的山顶上有三个餐厅，西餐厅、自助餐厅和接待团体用餐的餐厅，还有一个可以提供热狗和饮料但只能站着吃的小卖部。我们原来想去西餐厅吃午饭，但一个客人也没有，就去了风景也不错的自助餐厅，味道很不错。

下山的时候看到很多人在滑雪，据说高手从山上滑下去，初学者从山上滚下去，像我们观光人士只能乖乖地坐火车溜下去。

阿尔卑斯山有三大主峰，少女峰（Jungfrau）、僧侣峰（Monch）、艾格峰（Eiger）。我们在少女峰一览众山小，却不识庐山真面目。为了一睹三峰风采，我们又去了雪朗峰。

坐火车到Lauterbrunnen转乘巴士到缆车站，乘缆车登雪朗峰。缆车中途经停一个叫米伦（Murren）的半山小镇，纯净绝美，比格林德瓦还要安静。

雪朗峰上的旋转餐厅，是拍摄《007》系列《铁金刚勇破雪山堡》时专门兴建的。雪朗峰的缆车是1967年正式运营的，当年计划中的山顶旋转餐厅却因为缺少资金而停工。那年《007》剧组正在寻找一个冰天雪地的峰顶，找到了这里。双方一拍即合，剧组出资修建了这个号称全球海拔最高的旋转餐厅。

餐厅大概十来分钟转一圈，朝南时正好可以依次见到艾格峰、僧侣峰、少女峰。山上风云变换，时而会有朋友登顶后发现云雾缭绕，啥都看不见。我们算运气好，当时晴空万里。

西瓜猫点了一个007经典意粉，吃得津津有味。我点了一个“木头人（Mutoren）”里面有菠萝、芝士和培根，多士居然是浸过烈酒的，我平时滴酒不沾，坚持咬了几口，感觉像在吃沾满酒的布。结果，醉了。

我们本还打算滑雪，一路看见一些七老八十的老爷爷老太太全副武装神情自若地扛着滑雪板，以及那些动作老练的小不点，立刻觉得来到瑞士的冬天，不滑雪也应该滑个雪橇吧。

下山后，天色尚早，决定到附近山上滑雪橇过过瘾。可上山巴士的司机问我们是去滑雪橇吗。我说是。他便告诫我们，山上很湿，水都到腰了。我和西瓜猫坚持要上去一看究竟。原来我们玩的这条雪橇线路叫City

雪朗峰上的007旋转餐厅，它紧连的平台是雪朗峰眺望台

Run，要从积雪的盘山公路上滑下来，很惊险刺激。由于好一阵子没下雪了，下午太阳很猛，雪融了很多，大部分路面都结了薄冰，上面淌着水，有部分路段都已经露出了柏油路。所以我们这趟成了滑“冰橇”。在冰面上速度很快，任凭双脚怎么蹬地都刹不住，结果两人为了避免冲下山坡经常四脚朝天，还直接撞到拐角处的挡板上了。坐在雪橇上，水不断迎面扑来，我终于明白司机所说的“很湿”是什么概念了。

在没出发之前，西瓜猫就曾说过这一带有人玩滑翔伞，很刺激。一到Grindelwald，她就指示我向房东询问滑翔伞的事情。我只能舍命陪夫人，我们约定第二天早上在山上名叫First的山峰的缆车站等。

第二天早早来到山顶，山很陡，找了个地方坐坐缓缓神。

我问教练：“真的要跳吗？能不能跳得慢点、稳点？”教练答：“嗯，这个我们很专业的，一定能跳到山下去的。”

教练先将背包里的降落伞打开平铺在山坡上，再背起滑翔伞包，把我绑在他身前。我们俩一起用最快的速度在面对艾格峰的山坡上俯冲下去，像飞机起飞那样。在接近悬崖边缘的那刻，我

们四脚离地飞起来了。接下来的十几分钟，就在空中随风飘零。教练会做出很多惊险的动作调戏你，比如原地快速转圈，上下颠倒的翻跟头，急速向上拉升。稳住了，别让他们看出你慌。我们的着陆点是格林德瓦镇中心，准备降落时飞行员会告诉你待会怎么做。接近地面的时候，你就可以尽情和下面的人挥手示意了，很多人会很高兴地回应你，给你掌声和欢呼声，让你有种万众瞩目的满足感。着陆的时候，多半你是站不稳的，就采用青城派的屁股向后平沙落雁式吧。

这次飞行是从First峰飞到Grindelwald镇中心，所以叫Fly First Class。170法郎/人，外加拍照服务，连包装好的SD卡一套才35法郎。像鹰一样在阿尔卑斯山顶翱翔，其实很爽。

体验一把公路滑雪橇的刺激

山顶划过的滑翔伞

雪域边城，荒野外的童话世界

要离开因特拉根地区了，西瓜猫问我喜欢这种悠闲的地方吗？我说当然。她告诉我，毗邻列支敦士登的山村更悠闲，那里拥有真正的恬静。

一早坐火车继续东行。在瑞士的最后一站是东部和列支敦士登接壤的下恩嘎丁地区（Lower Engadin），这里通行罗曼什语。我们落脚在一个叫Guarda的小村庄。从Grindelwald出发，全程400多公里，历时五小时十一分，要转四次火车。由于沿途风景不错，并不觉得难熬，感觉没多久就到了。

Guarda很小，在山上，Guarda无人值守的火车站在山脚。火车经过时一般不停，要到站前提早按铃才会停。为防错过，我们上车时用了双保险——请乘务员差不多到的时候提醒我们，同时自己研究站点图，提前一个站去按按钮。如果要在这里上车，站台上有一个电子信息栏，最上面的就是即将要到达的列车班次，按一下右边有个“X”的黄色按钮列车就会停站接你上车。火车站门口有班车往返村庄，这里每个村子都有属于自己的徽章。

这真的是一个“村（village）”，不是“小镇（town）”！我粗略数了一下房子，全村顶多就二十来间。绝无旅行团，很少游

问旅馆借了个雪橇
就到后山上玩了

客，甚至很少人。我实实在在体会到西瓜猫所说的“恬静”了，哇哈哈，我最喜欢没有人的地方了。

村里的大部分房屋都画有壁画，已成传统，有屋主自己画的，更多是请专人画的，非常赏心悦目。虽然村子很小，我们订的酒店却也找了半天。但我从来没有感觉过，找旅馆的过程是如此美妙。房屋上都没有门牌，更没有什么路名，路人也找不到一个，只能靠GPS。

我们的酒店叫做Hotel Piz Buin。阳台上可以近距离看到“日照金山”，积雪很深的后院有一个用柴火烧的37摄氏度左右的热水池（Hotspot），可以免费享受。西瓜猫泡在舒适的热水里，飘飘欲仙，可怜我负责拍照，在雪地里打哆嗦。

Guarda的房子上几乎都有壁画

在Ardez村偶遇的红衣老人，语言不通依然谈笑甚欢

天色渐暗，入夜后更加宁静。没有任何娱乐活动。不怕冷的话，天上的星星数一个晚上也数不完。

Guarda只是下恩嘎丁地区众多小村庄中的一个，那一带风景非常幽美，许多明信片甚至童话小说中的场景，在这里都可能身历其境。

下恩嘎丁的核心地带是一个叫Scuol的小镇，它和Tarasp村连在一起，共用一个叫Tarasp-Scuol的火车站。从Guarda上火车，十分钟就到了Tarasp-Scuol。火车站台外的广场有很多路巴士，可以接驳到附近的小镇和村落。我们跳上一辆去Tarasp村的巴士，去探访那个令人梦萦魂绕的雪山城堡。

Tarasp没有出现在卫星地图上，我在网上翻查了大量的图片资料，观察城堡的周边环境，比对卫星地图，基本圈定了城堡的具体坐标，再对照巴士站点图找到一个离城堡最近的站点下车。抬头看，城堡就在山岗上。

漂亮的景色也要从正确的角度去观赏。这个私人城堡平时只下午对团体开放，需要提前预约，里面放了一些堡主的个人收藏。观赏这座雪山城堡最有意境的地方不在它脚下，也不在它跟前，而是在对面山头的十字架下面。我们穿过了小村庄，爬上一个积雪非常厚的小山岗，路基本上看不见了，只能沿着脚印或者试试深浅慢慢前行。

Scuol村里的一个日晷，谁来教我怎么看时间？

Guarda，在童话里迷了路

从山上下来后，又坐巴士来到了Scuol中心。精美的房屋和神秘的日晷依然迷人。孤独的上岗上矗立着一个教堂，依偎着河流，守望着村庄，像极了童话世界里的场景。

时间尚早，我们顺路去了隔壁的Ardez村。这里每个村庄和小镇都有一个自己的城堡，哪怕很小。山脚下一位红衣老人主动搭讪，我讲英语，他讲罗曼语，大家都只能猜对方的意思，依然交谈甚欢，有朋自远方来嘛。他指给了我前往城堡的路。

在这个这么幽美的地方待了三天，拍拍照、发发呆，甚是逍遥。日日晴空万里，在离别之时，居然下起了小雪，像是不舍。

朝圣王者曼联

因为英国不是申根国，所以从瑞士到英国要出关和入关，比较麻烦。飞机上一帮瑞士青年一直在吵闹，全程在调戏空姐，有穿着球衣的，应该是周末过去曼彻斯特看英超的。不要迷信外国的月亮比较圆啊，照样是一样米养百样人。到了曼彻斯特机场后，快步摆脱了这群混混。入境时，申根国公民通道要排队，非申根国公民窗口门可罗雀，第一次感受到中国护照的优越性。

曼彻斯特不大，从机场坐火车可直达市中心Piccadilly Garden，我们的酒店Thistel Manchester就在Piccadilly Garden的Portland Street 18号。

曼联的球票优先对球迷俱乐部会员出售，会员需要交年费，而且每逢大战都是一票难求，会员还要先抽签，中了签才可以买到票。外国游客买球票，可以通过曼联官网买Match Day VIP套票，在线支付现场拿票；也可以在一家叫Thomas Cook的合作机构购买球票+曼联俱乐部博物馆+酒店的套票，在线付款后票会寄到你的入住酒店，check-in时凭护照拿就可以；还可以通过当地留学生买黄牛，他们通常会将自己的季票出售，位置会比较好。第二天中午12：45开球，我们9点钟就出发去朝圣了，心情尤为激动。英国的铁路很发达，市中心有一种叫Metrolink的轻轨列车可以直达老特拉福德（Old Trafford）。车上很多都是曼联球迷，下车后跟住大队走就对了。

同城大战，警察早早就严阵以待了，沿途可以看到很多叫卖的比赛周边产品。

作为忠实的曼粉，在老特拉福德有一种回家的感觉，我爱曼联！

1958年2月6日慕尼黑空难，机上曼联球员大部分丧生，巴士比爵士幸存下来，并重建了曼联。球场正门对面的地砖上刻着曼联历史上显赫球员的名字。

老特拉福德门外广场地面上，铺设着刻有曼联名宿名字的石砖。找到坎通纳了，红魔国王

朝圣曼联老巢——老特拉福德

Theater of Dreams，多少人的追梦天堂——梦剧场，人慢慢多了起来。这天是德比，七万五千人座无虚席。与曼联球迷隔开的曼城球迷只有极少一部分，在我们看台下方的一个小区域内。虽然我们坐在山顶位，但视野挺好，看得很清楚。

全场都在唱歌，球迷自编的，逐个球员歌颂。敌队拿球时，全场嘘声，被曼城追平1:1的时候，轮到一小撮曼城球迷唱歌了，风水轮流转。鲁尼进球啦！惊艳的倒挂2：1！鲁尼今天居然奉献了一个极有可能成为英超十年最佳进球，我可以很自豪地告诉别人，当时我就在那里！多年以后，那个美妙的时刻一定还活灵活现，希望我还有机会再来朝圣。一定会的。

与伦敦擦肩而过

从曼彻斯特到伦敦的五折火车票是提前两个多月在网上买的，凭着Reference Code到火车站的自动售票机打印，很方便，车厢也宽敞舒服。雨将沿途下得灰蒙蒙的，于是一头睡去，两个半小时便到达了伦敦。伦敦火车站售票中心也有类似“八达通”的交通卡Oster Card，每张卡押金5磅，然后自己充值，走的时候可以在机场或者地铁站退掉，余额和押金全部返还。

我真的很佩服西瓜猫做攻略的能力，居然在距离伦敦眼和滑铁卢地铁站很近的地方找到一家叫Travelodge的连锁酒店，特价一天才29磅！附近的酒店可起码要贵一倍。

大本钟、伦敦眼、伦敦塔、伦敦桥、西敏寺、白金汉宫，是伦敦的地标。之前看BBC的旅游纪录片，已经把伦敦从机场航空管理系统、市内交通系统、热门景点和特色文化社区都研究个遍，这次游走就轻车熟路了。

伦敦塔在泰晤士河边，从那里可以看见影版福尔摩斯与反派boss最后打斗的伦敦桥。可伦敦塔怎么看都不是一个“塔”，更像一座城堡。它原来是一座监狱，现在已经改造成博物馆了。阴沉的天、古典的车、萧瑟的伦敦塔，绝配。我们在雨中，依然坐船游览了泰晤士河。凭当天到伦敦的火车票，提前上网登记买船票可以获得买一送一优惠，泰晤士游轮、伦敦眼都在其中，两个人才8英镑。下船的码头就是大本钟脚下，顺道观光，总比老是钻地铁强。

大本钟背后一带就是伦敦的中心西敏区（West Minister），很多景点都集中在这里。大本钟和伦敦眼隔江相望，传统和新潮在这里充分碰撞。钟楼后面就是挨着西敏寺的国会。《达芬奇密码》中介绍，牛顿墓就在主殿里面。但今天是礼拜日，只对信徒开放。

天很冷，雨中的伦敦灰蒙蒙的，很符合我心中的伦敦印象。

雨夜的威斯敏斯特桥

纪念永远的英伦玫瑰戴安娜王妃

从圣詹姆斯公园眺望白金汉宫

天色逐渐暗下来，雨也变大了。伦敦眼是看夜景的好地方，下雨天没人，省了排队的时间。华灯初上的雨夜别有一番朦胧美。

第二天醒来，所到之处阳光普照。故地重游，想要好好品味

一下伦敦晴天的味道。

傍晚，搭乘英国航空的航班回家。人活着，总有无止境的烦恼，就如同机场天际那片黑压压的乌云，漫无边际。偶尔去陌生的国度走一走，换个活法并不难。

冰与火之歌

从欧洲之巅归来不久，我被诊断出胃里有恶性肿瘤。也许是注意了饮食和提高免疫力，也许是发现较早，又或者本身就是误诊，没怎么治疗情况竟渐渐好转。近距离面对生死，悟得更加透彻了。既然活着，就该让生命多点炫丽的印记，走出围城，发掘世界不一样的精彩。北极，我们来了！

Day 1 广州—斯德哥尔摩

Day 2 斯德哥尔摩—基律纳

Day 6 Narvik—Tromso

Day 7 Tromso

Day 8 Tromso—马拉加

Day 11 塞维利亚

Day 12 塞维利亚—Arcos de la Frontera

Day 3 基律纳—Abisko

Day 4 Abisko

Day 5 Abisko—Narvik

Day 9 马拉加—格拉纳达

Day 10 格拉纳达—塞维利亚

Day 13 Arcos de la Frontera—塞维利亚

Day14~Day15 塞维利亚—马德里—广州

北极追光
——敲开通向北极的大门

几条河流穿城而过的瑞典首都斯德哥尔摩，是北欧南部的一个港口城市，也是我们进入北极圈的门户。领略过威尼斯的奢靡之美，我便轻易捕获了斯德哥尔摩的简约之美。我一直想去北欧，在我心中，那是一个很幸福、很纯洁的地方。飞机穿越云层，降落在斯德哥尔摩阿兰达国际机场（Arlander Airport），天气很好，兴奋如我完全没有旅途的疲惫。

瑞典入境非常方便，不用填入境登记卡，出示护照，说明来由和旅行计划就轻松放行。入境官员听到我是来看极光的，不由会心一笑，祝我好运。因为斯德哥尔摩只是中转站，第二天要从T4乘机飞赴Kiruna，所以我们打算将行李寄存在T4，轻装游览斯德哥尔摩。阿兰达国际机场有五个候机楼，T1至T4在一起，T5离得稍远，两处均有从机场到市区的快捷铁路Arlander Express站。

快捷铁路的票可以在机场的自动售票终端上购买，自动售票机可以选择英语，建议留心看看除了常规的单程票和往返票外还有没有其他什么优惠，因为通常优惠是和常规的票并列显示的。

火车二十分钟后到达市中心火车站。我们订了离火车站一站路、步行二十分钟左右可达的青年旅馆。斯德哥尔摩街头和之前去过的一些欧洲城市街头一样，所以我们只是想去市政厅，再到港口边喂喂鸽子而已。

阳光明媚，没有积雪，没有一丝冬天寒冷的感觉。市政厅是颁发诺贝尔奖的地方，上午十点至下午三点开放参观，所以我们遗憾地没能进门。

这里的人颜值都很高，白皙的皮肤，精致的五官，尤其是女孩子，穿着冬装也有种飘逸的仙女感。

沿着河边走，过了桥，就是老城。一想到瑞典国王的宫殿就在这里，脑子里就会浮现“卫兵仪容，不容侵犯”八个大字，搞得我老是不好意思把镜头对准皇城卫兵。

斯德哥尔摩被称作北方的威尼斯

倒是看到卫兵们也无聊，站久了居然在广场上各自操起步来，唉，自由散漫的资本主义。之前看地图找到一个欣赏黄昏的绝佳位置，怎料天空渐渐变得阴沉起来，阳光隐退。冰雪王国的确变化莫测。

在路上闲逛，边走边拍，到旅馆的时候已经过了下午五点。过了预订单注明的入住时间，房东说他已经走了，但把开门的密码告诉了我。我遵循他的指引，找到了贴在前台窗户上写着我的名字的信封，拆开信封，又是一个密码，这个是开房间门用的，所有门都不用钥匙。

旅馆很干净，公共洗手间和浴室有很多间，不用争。饿了，附近餐厅有不错的牛排和柴一样的鸡肉。算上小费300

入夜后的斯德哥尔摩老城，童话般的房子

T-Centralen地铁站，宛如置身原始洞穴

克朗不到，纠正了“北欧物价超贵”的误解。

夜晚的斯德哥尔摩挺秀丽的，天空是晶蓝色的。

斯德哥尔摩的地铁站特别别致，设计得很有艺术范儿。晚餐后我们去了很多地铁站，每个车站都有不同的主题，有的装潢得向原始洞穴一样，里面还有很多手工艺术品，感觉像逛博物馆。

斯德哥尔摩是一个很舒服的地方，没有架子，很亲切，很真实。也许就是这种真实和平淡，才使之成为幸福感最高的地区。登上北欧航空的飞机时，机舱外飘起了鹅毛大雪，舱门外的一段话令我深有感触：“Some travel in the mind. Some travel in the heart. Some travel in another way.”心驰神往，不如身体力行。这正是我热爱旅行的心笺。

Kiruna，邂逅冰天冻地的浪漫

冰酒吧，杯子都是冰做的，小心手被冻坏

从斯德哥尔摩起航，往北纵越瑞典抵达北极圈以北140公里的基律纳（Kiruna）。作为瑞典北部主要的旅游城市，基律纳只有不足五万人，游客也不多，真的不能以我们祖国“主要旅游城市”的标准来衡量 。这里有把整个基律纳

城地下都填满了的世界上最深的铁矿，现在科学家们正在研究将整座城市平移搬走的方案，真疯狂！而我们则是冲着世界闻名的冰旅馆来的。

基律纳的机场超级小，候机厅就是一座小小的房屋，机场在郊外，有巴士去市区，但冰旅馆在去往市区的反方向。在候机厅等行李的时候，一个身穿银色斗篷的靓丽金发姑娘吸引了我，原来是冰旅馆的迎宾天使，专门接载预订了冰旅馆住宿的客人。姑娘人很好，查了一下客人列表，当即邀我们前往，只是每人要收150元的车费。很快，我们就到了冰旅馆。

冰旅馆全部都用冰块建成，有很多房间，一砖一瓦，一桌一椅，一杯一碟，全部都是用附近河里的冰块建造的，夏天的时候冰旅馆就会全部融化，到冬天的时候重新建造起来。除了这座冰建筑之外，冰旅馆还有一些木屋可以住宿。但无论是冰屋还是木屋，住

Kiruna的木教堂，夕阳下变得火红

坚硬而寒冷的心

宿都超贵，寒冰床上铺一块羊皮、一个睡袋，就两千多元一晚。在冰箱里过夜，我扛不住，于是只是买了白天参观的票，近距离体验一番。

除了冰房间，这里本来还有一个冰教堂。可是我们来的当天刚好被人包场举行婚礼，缘悭一面。在这天寒地冻的地方举行婚礼，真浪漫，急冻的爱情，确保新鲜。

冰酒吧很正点，有烈酒，也有不含酒精的软饮。杯子都是冰做的，小心手被冻坏。

冰旅馆门前就有一个巴士站，车次不多，要在旅店前台先确认好，以免误了时间。我们参观完刚好赶上一班车，回到市中心，太阳还没下山。市区只有一座火红的木制教堂在白茫茫的世界里显得格外显眼，在夕阳的映衬下艳丽非常。从市中心的巴士总站下车，往上坡方向走几百米就到了。但是因为地上积雪，而且拖着行李，这几百米就像红军爬雪山、过草地般艰难。

在寒冷的地方旅行，衣着保暖之余必须透气。最好是一件透气的内衣，再加上保暖的外套。万一走得出汗了，要及时擦干。在零下几度的环境下冒汗湿透了可不是好事，极有可能感冒。

在Abisko遇见
漫天飞舞的极光精灵

因为基律纳的火车站就在旅馆旁边，早上在旅馆美餐一顿后，我们才慢条斯理地收拾行装，搭上开往阿比斯库Abisko的列车。Abisko是瑞典西北部一个非常小的小镇，北面依临广阔的Tometrask湖，西面则是景色秀美的Abisko国家公园。从Kiruna搭乘火车一个小时就到了Abisko，这里有两个火车站，一个是到镇中心的Abisko Ostra（东站），一个是Abisko国家公园站（西站），可别下错车了。在瑞典买火车票比较方便，因为人流不大，所以一般到火车站的自动售票机都能方便买到票。

沿途，南面都是被冰雪覆盖的大山和丛林，北面则是一片结冰的湖面，甚是荒凉。

Abisko火车站正在修葺，临时站台就是一个小木屋和几块木板，相当简陋。铁路两旁都有些房屋，因为没有路想按门牌找难度很大，最好问人。刚好有几个工人在铁路附近干活，很友善，告诉我们旅馆Abisko.net就紧挨着火车站。这是一家在北欧留学生圈内比较有名的青年旅馆，房东是一个风趣的老爷爷，入住的都是各国的年轻人，有双床房到八床间，包房或买床位均可，共用洗手间、浴室和厨房，非常干净。

旅馆新建了混合型桑拿室。在北欧，桑拿被认为是一件很圣洁的事，而且出于卫生考虑，都不允许穿着任何衣物或布料，必须坦诚相见。

天公作美，此行到北欧仅有两天看到晴朗的天空，一天在Kiruna，另一天就是到达Abisko的那天。因为这里的天黑比较晚，因此我们差不多九点才出发。穿过铁路和几户人家，顺着一条两边都是树林的小路下坡，走大概二十分钟就可以到达湖边。

湖面都结冰了，没有任何光线，最适合观察极光。走在林间的路上，伸手不见五指，周围很静，只听到踩在厚厚积雪里的沙沙声。抬头看到天边有一抹幽灵般若隐若现的白，似云，但在暗夜中似乎在迅速变换形状；似雾，却又依稀看得见轮廓。因为人的眼睛从光亮处到黑暗处大概需要二十分钟才能完全适应，所以面对眼前的这一突如其来的虚幻景象，就靠我们的相机高ISO、大光圈、长时间曝光拍出来了。果然是泛着绿色光芒的极光！

于是我连滚带爬，飞一般向湖面冲去，生怕错过了这一生难遇的美妙瞬间。到了湖面上，视野开阔了，眼睛也逐渐适应了黑暗，天际的极光此时也逐渐增强，我清晰地辨认了出来，对，就是极光！在东北面的地平线上，有一缕青烟冉冉而上，越往上越扩散，精灵般地变换着，投射着幽暗的绿光。而在正背面的北极星附近，也时而出现一团似云似雾的光团，千呼万唤始出来，犹抱琵琶半遮面，极光时强时弱。

心里兴奋莫名，想起了刚参加工作时岗前培训的队歌孙燕姿的《绿光》：

期待着一个幸运和一个冲击

多么奇妙的际遇

翻越过前面山顶和层层白云

绿光在那里

这时，身旁来了几个讲中文的年轻人。原来是在欧洲求学的台湾交换生。她们也是第一次看到极光，可惜没有摄影装备，只能抬头仰望，记在心中。

北极圈的极光强度分九级，据说最强的时候，南至美国的佛罗里达也能看到，一两级的极光，就只有在极圈内能看到。但也不是说越北越好，主要靠运气。绿色极光出现的几率最高，几乎超过90%的极光都是绿色。如果能看到红色或紫色的，真是交好运了。

我们在零下六七摄氏度的极圈看极光发呆，不顾一切地趴在冰面上拍照，就这样过了两个多小时，快十一点的时候，天上的光影已经变得很弱。回程路上，激动不已，已完全无视了那段黑暗的小路和鬼魅般的黑影。来之前，没人会保证能看到极光。没想到第一天我们就捕捉到极光精灵的身影！不知不觉，已穿越了整片林子。回到了镇上我很恋恋不舍地回头，天际正在上演落幕前的高潮部分，整个东北夜空都变成了强烈的绿色，像做梦一般。

不期而至的北极光

冰天雪地好多FUN

回看了一下这几年的旅程，发现我们会阶段性迷上某样东西，直至审美疲劳另觅新欢。前两年迷上潜水，一头扎入蓝色的大海乐此不疲，这两年又迷恋上冰天雪地的白色浪漫。很多朋友听说我要去北极，都觉得很不可思议，因为印象中南北极都是零下几十度，还随时有暴风雪，茫茫冰原上除了企鹅和北极熊，其他什么都没有。其实并不是这样的，北极比南极气候宜人很多。

雪花飘落在围巾上，真的是六角形的

北极圈内很大一部分是海洋，除了美洲的格陵兰岛以外并没有成片的大陆，在非极端条件下，气温不算太低。而且俄罗斯、加拿大、美国阿拉斯加、芬兰、挪威、瑞典等国都有部分地区在北极圈内，进入的途径较多，去北极的难度远比南极小。

在Abisko晚上可以观察极光，白天在冰原上也可以有很多活动，比如驾着雪地摩托驰骋，坐着狗狗拉的雪橇去吃风，在冰湖上凿个窟窿钓鱼，或是穿上雪靴去徒步。

在去湖边的路上碰到一只猫，竖着毛绒绒的大尾巴招摇过市，见到我们就很亲热地围过来。它的地盘很大，平均每隔两米就有一泡便便（我以为狗才这样干的），以示所有权。我们走的时候，它跟了好远一段路。回想几个台湾小妹妹在晚上出来看极光时碰到的“鬼魅幽灵”，应该就是这个家伙。

偌大一个的湖，全部结成了冰。走在上面战战兢兢，生怕踩出个窟窿来。突然发现远处有几辆雪地摩托呼啸而过，才发觉自己杞人忧天了。

在冰雪世界里，最好的活动就是冰钓和坐狗拉雪橇。钓鱼我不擅长，那就选狗拉雪橇吧，以前只在纪录片中见过，一群哈士奇在前面奔跑，人优哉游哉地坐在后面拍照，多好。

旅馆老板一站式经营，旅馆边上的小山坡上就是他的狗场，他的两个儿子就是驯狗师。两个人住两晚上加狗拉雪橇一共2300人民币左右，价格还算公道。一走近狗场，就听到鬼哭狼嚎。狗狗被三三两两地分别关在不同的房间里，它们看到主人来就知道有活干了，估计是干完活有酬劳，所以个个都叫嚷着主动请缨。驯狗师先给我们讲解要领，说控制雪橇就像开车一样，转左就成个人往左边倾斜，转右就往右边，减速就踩刹车，想完全停住就把刹车踩死，人如果要离开雪橇走开的话就要下锚，和停车拉手刹一个道理。我

我费了九牛二虎之力才把刹车踩死，那些疯子才拉不动

们整个队伍总共有十一个人，也就是有十一辆雪橇，唯一的规则就是：保持队形，禁止超车！

为了和狗狗培养感情，每个人都要亲自到房间里帮狗狗穿上战衣，然后领它上岗。一个雪橇有四只狗，哪只站前面，哪只站后面，分别是哪辆雪橇的，都分得很清楚，千万别弄错。西瓜猫前面的那位仁兄不知道是不是搞错位置了，两只狗还没开跑就干上了，打得很凶，驯狗师花了好大力气才把它们分开，但一只已经负伤了，只能换别的上。

雪橇上全程只能站着，没有座位。而且狗狗像疯子一样，不顾一切地往前飞奔。我费了九牛二虎之力才把刹车踩死。可怜的西瓜猫身轻如燕，根本踩不住刹车，队伍还没出发就已经被四个疯子拉到前面去了。

一路上颠簸得不轻，而且站着重心高，一拐弯就容易翻车，所以我的手一直死死握着雪橇，过好几个弯道时人都已经被甩了出去，幸好手还拉着雪橇，快跑两步又跳上了雪橇，身手敏捷。有个胖姑娘就可怜了，拐弯时被甩了出去，一头扎在雪里，四只神犬头也不回扬长而去。

一个小时下来，满身大汗，还一身骚味，但玩得意犹未尽。

下午快四点了，雪终于小了一点，我们决定徒步到国家公园去，据说那里有冰瀑布。

从Abisko镇中心到国家公园，步行需要30分钟。国家公园夏季的生态远比冬季多样化，有很多野生动植物，是个徒步的好地方。听公园入口处游客中心的工作人员介绍，公园非常大，我们天黑之前走不了多远。所以我们选了个最近的冰瀑过去瞧瞧。

在Abisko的三天里，看到了很多军车在频繁调动。难道2012年外星异形入侵北极，军队待命拯救地球？这不，在回程的路上又看到了军车队，都是坦克装甲车什么的。

在Abisko的三天里，看到许多军车在频繁调动，大概因为这里离边境不远吧

Narvik，秀美挪威的代名词

火车继续往西北方前进，窗外雪越下越大，视线变得模糊。渐渐地，火车从平原开进了山区，左边的山变得陡峭起来，右边广袤的湖面也不断收窄。行进了大约一个多小时，火车拐过一个山头，出隧道重见光明的一刻，风雪消停。不知不觉铁路已经凌驾于山脊之上，右边是一个深邃的峡谷。谷底的水面异常平静，完完整整地把整座山倒映其中。平静清澈的水面最能反映天空的颜色，在没有阳光和蓝天的日子，水面如同一块墨绿的美玉，深沉、端庄。正陶醉在如斯美景中，火车又转过一个山头，一个海湾出现在眼前，两边是崖壁，没有沙滩，这就是传说中的峡湾。悄无声息间，已经跨越了国境，这段欧洲最北的铁路已到尽头，我们从瑞典来到了挪威Narvik（纳尔维克），峡湾畔的城市。

Narvik是一个中型规模的城镇，东南面依靠着大山，西北面临海。在市区，步行就可以遍历我们的所有目的地。这里也有不少游客，以欧美人为主，极少看到亚洲面孔，所以我们走在街上的回头率出奇地高，每个迎面走来的人都会投来好奇的眼光，很多开车的人也会朝我们微笑张望。

因为天气不好，而且晚春融雪，地上湿滑，路很难走。我们订了一家离汽车站很近的久负盛名的青年旅馆Spor 1 Gjestegrd。旅馆的马路对面是一个购物中心，穿过购物中心下到1楼就是车站，三分钟路程而已。如果你要去，记得我的这个攻略，别走冤枉路了。

Narvik的路牌很显眼，就在桥头。认真看看，这个是指向欧洲各地的路牌喔！离北极点2407英里，离俄罗斯圣彼得堡1363英里，离波兰华沙2559英里，离挪威奥斯陆1407英里，离意大利罗马3978英里，离瑞典斯德哥尔摩1425英里，原来我们已经走了这么远!

来Narvik不是为了看极光，但它是去极光研究中心所在地特罗姆瑟（Tromso）的必经之路。Narvik最秀美的就是它的峡湾。从旅馆出发，一直往东南面上山方向走到达缆车站，可往山顶鸟瞰整个峡湾。原本打算上去

列车驶向Narvik，阴天的峡湾犹如一块墨玉

Narvik市中心的纪念碑，三面都是玻璃

享受一番峡湾美景盛宴，并在一家风评不错的餐厅享用美味下午茶，可惜，那天刮着微风，缆车因为“大风”而暂停运营。这座山是个滑雪场，除了缆车，没有楼梯或小路可以上山。失望的我们不愿意就此放弃，就沿着滑雪的大山坡攀雪山。山的坡度超过45度，积雪很结实但很滑，我们手脚并用，费尽九牛二虎之力，才爬上了一个小坡。慢慢地，我们掌握了些技巧，侧着身子往上走，鞋底的抓地力好了许多。千辛万苦，终于爬上了半山腰。山上一个人都没有，虽然离山顶还很远很远，但回头一看，峡湾真的很美。没有阳光，比不上在杂志中见到的那番蓝天、白云、雪山和金灿灿的峡湾的美景，但乌云底下透射出一片耶稣光，也使峡湾多了分秀美。

俗语说上山容易下山难。而下雪山更难。走的话非常容易跌倒还很吃力，于是，我们又玩起了赤足滑雪。不是不穿鞋，是没有雪橇而已。但这样滑下来省力之余还挺快的。

Narvik秀美的除了峡湾，还有这里的少女！少女的五官普遍非常精致，一点都不像印象中欧美人的粗犷轮廓。但我羞于把镜头对准别人，而且西瓜猫盯着，不敢留影，只能偷偷记在心中，或许梦中还会见到。

北极之门，特罗姆瑟

特罗姆瑟大桥

Tromso，深入极地的身心狂欢

Tromso有个极光研究中心，是北欧看到极光几率比较高的地方。为了争取活动时间，我们在Narvik时住在了汽车站附近，因为每天从Narvik只有三班巴士。我们选了清晨5:00最早班。看着天色渐明下的秀美峡湾，眼睛舍不得睡去，摇晃的汽车如同摇篮一般，我在不知不觉中坠入了晨雾的梦里。隐约记得汽车在大大小小的内湾中穿行，过了几座桥，转了几个弯，停了几次站，上了不少人……

醒来时，阳光下的Tromso已近在咫尺。Tromso接近北纬70度，相当于从漠河往北极点再走1900公里。作为北极圈内最大的城市，Tromso紧临大西洋北海，人口约五万，也被称作“北极之门”。极地海洋性气候果然多变，转眼间天空又被厚厚的云层所覆盖。

这次旅行每到达一个目的地，找旅馆都是一个挑战。Tromoso城市也是依山而建，旅馆在山腰，路是S型的，GPS给我指了条捷径——穿越两条大街之间坡度达60度的满是积雪和冰的行人楼梯，我手脚并用像攀岩一般上去了，西瓜猫却怎么也上不来。好不容易把她拉上来了，行李又滚了下去，反复几次才爬到

极具现代感的北极教堂

旅馆了。ABC Hotel性价比不错，大床房含独立浴室和卫生间，前台很友善地回答了我们所有的问题。

Tromso城中心位于一个大岛上，岛的西面对岸是一座山，那里有缆车登上山顶俯瞰城市和海湾全貌，下午上山顺光，照相很好。Tromso巴士是限时的，也就是付一次钱，一个小时内无限次换乘。但我们不赶时间，我们选择徒步以防错过任何精彩的角落。Tromso是一座普通北欧城镇，但它有一座建于跨海大桥桥头的“北极教堂”，和别处的教堂很不一样。看它三角形的建筑外形看不出是教堂。

在Tromso的两天晚上我们都报名跟团去看极光，第一晚天气尚可，没有下雪，偶尔还能看见星星。领队是几个年轻人，搞了个工作室专门拍极光，一路为大家讲解拍摄的要领。因为云层很厚，车子一直开到了远离Tromso的东北面快接近芬兰边境的一片森林，抬头发现天空清朗许多。这就是传说中的“挪威森林”。我们看到了紫色的极光，不算太强，但还是很幸运的。

来北极已经差不多一个礼拜了，但还没有认认真真品尝过这里的地道美食。Tromso大雪纷飞，阻挡不住我们觅食的脚步。挪威的渔业十分发达，在这里你能品尝到最新鲜的海鲜和做的最精致的渔产品。鳕鱼、生蚝、鲱鱼和三文鱼，每一样都是大自然对挪威的馈赠。

码头边的超市是我们每一天的物资补给点，我们在那里发现了可即时食用的腌虾。

随后，我们在当地因一台湾人的博客而出名的一家鱼餐厅顺便在线预订了两个烛光晚餐。

在这家鱼餐厅我们吃到了北极鳕鱼Skrei，它生长在北冰洋的巴伦支海（Barents Sea），每年1月到4月洄游到挪威海岸产卵。北极鳕鱼比普通大西洋鳕鱼更大，味道也更好，熬制的鱼汤很鲜甜。它家的麋鹿肉排，居然很清淡，一点都不腻。饱餐之后，我想我们可以抵御暴雪了。

这天天气比之前更恶劣，一直在下暴雪，入夜后虽然雪停了，云层却厚得让人绝望。当晚我们参加了另一个极光团，跟一名萨米人胖姑娘去了Tromso西北面鲸鱼岛北岸的一个农场，那里有一顶大帐篷，里面生了火，等待极光的时候可以取暖和聆听萨

以吃鱼著称的饭店

米人的传统。这个团可以加200元选择一套“热餐”，我们只喝了一碗有点像中式炖汤的麋鹿汤。胖姑娘很乐观，告诉我们今晚肯定有机会看到极光。既然她这么说，我们出了帐篷，把自己裹得严严实实的，在风雪中耐心等待。

极地真的风云变幻，突然间，一阵强烈绚烂的多彩极光划破天际，粉红色、紫色、绿色，一层层像轻纱一般徐徐落下，美不胜收却稍纵即逝，连1分钟都不到。我根本没想过极光会如此强烈，以致我们根本没时间调好光圈和曝光时间，虽然拍到的全部曝光过度了，但美景已深藏脑海。

短暂的精彩过后，又是一轮像刀子一般划着脸的大风雪。在如此恶劣的天气下看到这般神迹——极光女神用如此华丽的盛宴将这次追光之旅推向高潮，无憾了。

港口

格拉纳达，阿拉伯的奇幻世界

带着饱足的身心，离开了极光之地。我们从Tromso起飞准备飞往西班牙马拉加，去格拉纳达感受西班牙的烈焰热情。从欧洲最北一下子到了欧洲极南，气温从零下10摄氏度蹿至20多摄氏度，可谓冰与火交织的旅程。

格拉纳达（Granada）位于马拉加的东面，内华达山脉北麓。由于这里曾是阿拉伯人在伊比利亚半岛上的最后一个王国的首都，因此而成为具有伟大象征意义的城市。

尼古拉斯瞭望台是阿兰布拉宫夕照的最佳观赏点

在马拉加安安稳稳地睡了一觉，早上八点就收拾行装出门。显然，西班牙人的夜生活很丰富，早上的街道并没有太多人，它令人熟悉的建筑风格让人有种走在澳门街头的感觉。我们到长途汽车站买了两张前往格拉纳达的车票，去月台等待上车。

去格拉纳达的人不少，车基本满座。两小时沿途田园风光的全程高速后，我们到达了格拉纳达汽车总站，3、10、33路车二十多分钟就能到市中心，上车购票，好像1.3欧/人，司机会给你找零。

格拉纳达市中心被一个河谷分成两半，南面山顶是当年摩尔人王朝的宫殿阿兰布拉宫 （Alhambra Palace）的所在，北面是充满伊斯兰风情的阿尔拜辛区（Albaicin）。阿兰布拉宫是这个城市的地标，其貌不扬，但内里十足一个一千零一夜的阿拉伯童话世界，游客都希望一睹芳容。为了保护珍贵的遗迹，阿兰布拉宫每天限制参观人数，所有访客必须提前预订或购票（订票地址：http://www.ticketmaster.es/nav/landings/en/mucho_mas/

蜂巢状的拱顶

entradas_alhambra），参观当天，可在宫殿门口纪念品商店旁黄色的标着ServiCaixa terminals of “la Caixa”的自动柜员机取票。认真参观完整个宫殿要差不多四个小时，预约时间要尽可能早一些，避开旅行团。我们预订了早上8：30第一批入宫参观，所以选择住在宫殿旁边山顶上的旅馆。

阿兰布拉宫是中世纪摩尔人统治者在西班牙建立的格拉纳达王国的宫殿。整个宫殿由多个皇宫组成，不同的宫殿是由不同的国王兴建的，其中最有名的就是Palacio Nazari。当时摩尔人（属于阿拉伯人）王朝盛极一时，Palacio Nazari宫殿内几乎看不到一块没被精美地雕刻的墙壁，仿佛进入了一个梦幻般的阿拉伯童话中。这里是阿兰布拉宫的精华所在，也是为什么要预约的原因。按预约时间入宫后请立即前往这里，其他地方可以慢慢游览，否则极有可能因满员而不得其门而入。你既可以选择在游客中心租用讲解器，也可以拿着*LONELY PLANET*自行参阅，里面每一处都

每间水烟店的装饰都极富异国情调

寻常街巷中，锅碗瓢盆加吉他往墙上一摆，就是一道吸引眼球的风景

有详细的故事和历史。这里除了精美，还充斥着血与泪，阿拉伯人被迫放弃了固守欧罗巴大陆的最后一座堡垒，西班牙人收复了失地，最终此处回到了基督徒的手中。

阿拉伯人原居住在沙漠地区，能占据欧洲这一宝地，自然会营造一个水乐园。不同时期的皇宫，风格各异。卡洛斯五世宫里面是圆形的罗马风格，和前面的阿拉伯式截然不同。

与阿兰布拉宫隔山遥望的，则是阿拉伯人聚居的阿尔拜辛区。当年这里是作为防守要塞而兴建的，所以这里的路都是弯弯曲曲的，放下琐事的烦扰，在这里迷路一次是不少旅人的梦想。看过太多不同地方的夕阳，总有不同的感受和精彩，夕阳下的阿兰布拉宫是那样醉人。

寻常巷陌，别样风情。欧美很多人用水烟吸食大麻，因此大家看到水烟总有那么一丝轻蔑，水烟馆也成了一个被妖魔化的地方。这里的水烟号称“零焦油”“零尼古丁”，有各种水果和植物的

在陌生的风景里迷路是我们最爱的游戏

狮子庭院，中央是十二只象征皇权的石狮子，长相却有点萌

口味。吸一口，果然，清新的气味在体内爆发，有点甜，最好再配上一壶阿拉伯花茶。

在市区中游走，总有一种似曾相识的感觉，像香港岛的中环、兰桂坊、半山。同样地，美食也藏匿在闹市街角处。西班牙食物最具风情的当属顶级的伊比利亚生火腿Jamon Iberico和海鲜饭Paella，但这里的特色小吃Tapas也是好吃到停不住。最顶级的伊比利亚生

火腿比较咸但很香，配点甜酒刚好。可惜我不能喝酒。西班牙海鲜饭用料十足，海鲜的味道完全融在饭里，超正点！平时吃到的多是饭里埋伏几只虾，而这里却是虾堆里伴着些饭。

两天后离开格拉纳达时，我恋恋不舍。我很少有这种感觉，只因为这里实在太奇妙了，视觉的冲击，味蕾的盛宴，精神的熏陶，让人乐而忘返。在很多人眼中，西班牙可能只是巴塞罗那、马德里，在那里可以感受到宇宙最强银河战舰的威风，但是未必感受得了这一份浓郁的异域风情。

极品伊比利亚生火腿Jamon Iberico

舌尖上的塞维利亚

在高速公路上西行四个多小时后，我们到达了西班牙西南古都、安达鲁西亚自治区和塞维利亚省的首府——西班牙第四大都市塞维利亚。在这里，我们终于觉得是到了一座大城市了。一如欧陆其他城市，这里没有高楼大厦，古建筑保持的非常完好。入城后沿着河边走，路上的棕榈树让我有点到了热带海边的错觉。

预订的旅馆在老城中心犹太人聚居的圣十字区（Santa

塞维利亚大教堂，四位国王扶灵的哥伦布棺木，霸气十足

塞维利亚大教堂里的藏品

Cruz），我们打的绕了好大一个圈。这里热闹方便，就像广州的上下九，区内纵横交错都是巷子，而且地图上没标注具体的巷子名称。摩尔人皇宫、大教堂就在这里，从我们入住的小旅馆步行五分钟即可到达。信奉伊斯兰教的摩尔人从公元8世纪开始统治塞维利亚约500年，它的清真寺后来被天主教徒改造成天主教堂，清真寺的宣礼塔就成了教堂的钟楼。就这样，塞维利亚大教堂(Cathedral de Seville)也成为了跨宗教的建筑奇葩，是仅次于罗马的圣彼得教堂和伦敦的圣保罗教堂的欧洲第三大教堂。教堂平时要购票参观，购票处比较隐蔽，在教堂面向皇宫一侧的一个小门边上，门口有教堂的开放时间。千万别相信守在门口没有工作证件的人员，他们会问你要钱，因为言语不通，很容易误以为就是在收门票。一早一晚可以免费参观，但是无法登顶宣礼塔。教堂内部宏伟，中庭很大，最引人注目的是“四国王抬棺”塑像——西班牙四位国王抬着哥伦布的棺木。沿着狭窄的楼梯登上宣礼塔，可以俯瞰整个塞维利亚。

以旧城中心向四周扩展，都是充满故事的遗迹。向西面走10分钟到达河边，那里有斗牛士挥洒激情的舞台，也有旧国王收藏宝藏的黄金塔；向南走二十分钟，经过小说《卡门》中不羁的吉

西班牙广场上的彩色瓷砖画

西班牙广场上的复古马车

赛女郎工作的烟厂，可到达著名的西班牙广场；向东步行约30分钟，可到达塞维利亚旧城边缘，这里有哭泣的圣母所在的圣母主教座堂。

西班牙广场是1929年伊比利亚—美洲博览会所在地，1992年世博会又重新装潢一新。建筑呈半圆形，外部用各种瓷砖镶嵌而成，代表原西班牙58个省。楼群周围有一条人工小护城河，上面建有数座小桥，气势不凡，别具一格。坐着马车穿过古城，有一种穿越时空的错觉。

异域的文明和陌生的环境总是让人兴奋不已、目不暇接，但这里更加吸引我的是美食。可能是节制太久的缘故，这趟旅行我不顾一切地敞开胃口了。旧城中心有许多餐馆，性价比普遍不高，往游人逐渐稀少的巷子深处走才能找到地道美食的所在。一家巷角处的店，每天都聚集着一帮熟客，喝着小酒，吃着各种Tapas，聊着天，多美好的生活。第一天给了一位帅哥小费，第二天路过的时候他认出我了，热情地拉着我照相，还约我们晚上10点后过来玩，说有免费弗拉明戈表演，令我深深地感受到西班牙人的热情。

塞维利亚历史最悠久的美食店，在这里仿佛穿越了时空

在塞维利亚，走到哪儿都能吃到好东西，西班牙风味的食物太具诱惑力。傍晚，吹着凉风，坐在河边看落日的余晖洒在水面上，听着岸边仪仗队彩排的进行曲，品尝着美味的食物，是何等乐事。

我随西瓜猫找到了当地创于1670年的久负盛名的美食店——El Rinconcillo，也是塞维利亚历史最悠久的Tapas

小庭院是塞维利亚很多旅馆的标配，我们的旅店就是传统的安德鲁西亚庭院

Bar，店内的装潢似乎三个多世纪以来都没有改变过，地道的塞维利亚Tapas Bar都不设座位，当地人都喜欢站着吃喝。如果你还想尝试别的主食，可以到就餐区坐下来点菜。老店很有气氛，就像身处旧电影的场景之中（地址：C. Gerona 40, Barrio de la Macarena, Seville）。晚上，再欣赏一场当地最著名的弗拉明戈，激情的表演绝对令你此生难忘。

足足三天，我彻底爱上了热情的西班牙。玩累了吃，吃饱了睡，睡醒了再玩，味蕾充分享受快感，这就是塞维利亚。

悬崖上的舞步，冰火之旅完美落幕

“悬崖上的拱门（Arcos de la Frontera）”，是一座位于塞尔维亚南部，靠近直布罗陀海峡的小山城。小城不大，人口不多，街巷之上不时会见到古旧的拱门。小城的房屋沿山脊而建，旧城位于山顶峭壁之上。长途车站在山脚新区，既可以乘坐写着Casco Antiguc的约二十分钟一班的黄色小巴上山，也可以沿路徒步，抑或走捷径楼梯登顶。主干道只有一条，越往上就越窄，最后变成胡同，自驾的朋友一定要小心。旧城中心就是这里最古老的圣母升天大教堂，外墙很残旧，教堂外面有一个用碎大理石砌成的圆圈Magic Circle，上面有些不规则的小圆点，没有文献记载它们是按什么排列的或有什么深层含义，传说人站在其中就可以保护自己，驱散恶魔。

我们住在悬崖边上的La Casa Grande，是一栋三层的建筑。对于向往Arcos的驴友来讲这是个梦寐以求的好旅馆，因为它的天台正对着旧城堡，夕阳西下，这里可以谋杀半张SD卡！

来的那天天气阴沉，错过了美妙的夕阳，不过厚厚的云层又是另一种气氛。破旧也是一种味道。

对于在伊比利亚半岛上的西班牙人来说，每年复活节（时间每年不同，大约在4月份某一个礼拜）前的一周是传统的宗教节日——圣周，此时会有大规模的宗教游行和奔牛，好不热闹。我们为了迁就极光时机，只能对此盛会“错峰出行”。来的时候刚好是圣周前夕，城内一片寂静，如同空城般寥落。绝大部分的餐馆和商户都闭门拒客，主人都在忙于为圣周做最后准备。也罢，空城难觅游人影，独享浮生自逍遥。

如果可以的话，尽量选择自助游去多体验一下不同文化的生

有意思的门把手

Arcos de la Frontera，意思是圆拱边城，这里到处都是圆拱

为纪念圣周而建的雕塑，不是古董

活，奢华的酒店哪里都可以住，在一个陌生的国度如果可以融入当地人的日常生活，将是一件无比美妙的事情。旅程虽然短暂，但旅程的幸福感将会持续一段很长的时间，直至下一次的旅行。

第六章

绅士与斗士的激情对碰

我要去英国，因为爱曼联，忘不了弗爵爷和老特拉福德的绿茵，西瓜猫想去东西文化冲撞交融的土耳其不拉搭的两个地方，被凑到。十七天的旅程中，这也许是任何一家旅行社都不会干的事。年初的一部电影 *007: Skyfall*，神一般将这趟旅程串联了起来。“唯一能自编自导自演的，是生活。用心演下去”。

Day 1 广州—香港—曼彻斯特

Day 2 曼彻斯特

Day 5 格拉斯哥—曼彻斯特

Day 6 曼彻斯特—Winchcombe

Day 10 巴斯—伦敦—伊斯坦布尔

Day 11 伊斯坦布尔

Day 15 番红花城—伊斯坦布尔

Day 3
曼彻斯特—格拉斯哥—Glencoe

Day 4
Glencoe—格拉斯哥

Day 7
Winchcombe

Day 8
Winchcombe—Bibury

Day 9
Bibury—巴斯

Day 12
伊斯坦布尔—番红花城

Day13~Day14
番红花城

Day 16
伊斯坦布尔

Day17~Day18
伊斯坦布尔—广州

自驾两千英里，纵穿不列颠

这是我们首次在欧洲自驾。我研究了英国政府和中国驻英国领事馆的网站，上面都明确说明中国公民在英国驾车，一本中国驾照+英文翻译即可。翻译件不是必选项，但中国新版驾照的中英对照很不彻底，正本反面的准驾车型是纯中文，所以翻译一份比较妥当。

同时，国际驾照（International Driving License）和国际驾驶文件（International Driving Documents）是两个不同的概念。国际驾照是一个独立的被众多国家认可的驾驶资格认证，但中国不是这个圈子里的国家，所以国内没有可以颁发国际驾照的机构，持中国驾照不可以直接换领或申请国际驾照；而国际驾驶文件则是指用于证明你的驾驶资格的相关文件，不是特指某一样具体的东西，通常是配合着本国驾照一起使用的，如驾照翻译件。

至于对国际驾驶文件的公证，只要证明人是有一定的公信力的，如雇主、律师、教授、医生等，自然就会认可其公证的结果。我自制了一份国际驾驶文件模板，先说明文件内容与国内驾照原件完全一致，接着按照国内驾照的格式进行了正副本全文翻译，包括原驾照的照片、条形码，最后落款是翻译件的见证人，我请了单位领导签名。此文件在英国各处畅行无阻，证明我的理解和做法是正确的。出行前最好能了解一下当地交规，尤其是交通指示标志，英国的可以参考驾驶标准局网站提供的资料（https://www.gov.uk/traffic-signs ）。

租车选择很多，Avis、Hertz都是大公司，但我选择了www.easycar.co.uk卖场平台，由不同的租车公司提供车型，价格会比较实惠。网上选择提车和还车地点、时间、车型，支付定金，到时候就带齐驾驶资料直接去提车就可以了。租车费用一般包含了基本保险，到了柜台，租车公司一般还会向你推销额外的附加保险，自己看着办吧。

GPS是必备的，既可以选择在租车公司租，也可以自带。在英国只要不是荒郊野外，邮编比地址门牌更有效，输入邮编都能很准确地定位。郊外就不一定了，偏差可能有一英里。

自驾到野外有可能需要在户外使用Google Map，因此我了解了一下各家电信公司的套餐。大部分公司都提供免费Sim卡和预付费的纯上网流量套餐。推荐Lebara公司（http://www.lebara.co.uk/passes/data）和3公司（http://www.three.co.uk/Store/SIM/Pay_As_You_Go），资费不贵。而且，这些公司都提供Sim卡的免费配送服务，出行前可以将预订好的酒店地址和预订编号作为联系地址，电信公司会提前将卡送过去，入住的时候就可以拿到了，将卡插入手机，能搜索到运营商的信号就意味着手机支持该运营商的网络。然后找个便利店充值，按网站或卡套的指引发个短信就可以开通上网套餐了，真心方便。

速度与激情，苏格兰天幕追踪

苏格兰高地，之前略知一二，直到在*007: Skyfall*中看到James和M站立在如同仙境般的旷野，我知道我开始为之着迷了。

从“喜欢一个地方”到“来到这个地方”，需要缘分。这要从欧冠八分之一决赛次回合说起，在老爵爷精心布阵的情况下，红魔依然惜败皇马。第二天，曼联俱乐部给我发来邮件，提醒由于欧冠出局，原本在周六下午举行的对维拉的联赛推迟到周一晚上进行。这样一来，我们在曼彻斯特多出了三天的空档。去苏格兰吧，追踪007的足迹，寻觅天幕下的庄园。

英国铁路很发达（订票网站：http://www.thetrainline.com/buytickets/），清晨从曼彻斯特市中心Piccadilly坐火车很快就到达格拉斯哥。出站后步行约二十分钟就到了环城高速边的租车门店。出示预订凭证和驾照资料，付款，和店员一起出门验车。小伙子指着一辆崭新的BMW X3 M柴油版，我很诧异，网上预订的时候明明选择的是“Standard 5 door Auto a/c (A5)”，就这台？他说是。打火，检查仪表读数。好家伙，总里程也就三千多公里，磨合期还没过呢。车内还有车载GPS，虽然我自带了GPS，还是要赞，因为单独租用GPS要花好几十英镑。这家店就是Thrifty

Glasgow Central分店（85 Lancefield Street, Glasgow, UK G3 8HZ）。

从格拉斯哥出发，沿A82公路向北，就可以去到苏格兰高地的核心。因为是右舵，道路又是沿左行的，刚开始还是小心翼翼，走了一小段，规规矩矩转了几个弯，上高速后速度马上提了上来。原本想稳字当头，限速60英里（96公里）每小时，我就先靠左开着50迈适应一下。结果后方的车灯猛闪，身旁的车都飞驰而过。我也不顾这么多了，果断提速。逐渐发现，公路上的车都是按照限速来行驶的，他们就开60迈，不增不减。所以和在香港、澳门一样，虽然车辆很多但交通整体非常顺畅。离城渐远，从封闭的高速路变成了乡间的开放式公路，越往北，

Glencoe某处风景，单凭一张网图，硬是找到了

路越窄，最终变成了两车道对开的狭窄小路。英国人“凶猛残暴”的一面开始显露，在仅仅能容纳2.5辆车并排的狭窄道路上，他们依然保持着60英里（相当于96公里）每小时的行进速度，你若稍低于这个速度，很快就会被后面的车苦苦相逼。原来英国人下了车是绅士淑女，上了车都是狂野的车手。其实我是很喜欢飙车的感觉的，但最让我绷紧神经的是固有的驾驶习惯。另外，转转盘（Crossing the Round about）又是一个需要习惯的，要注意灯号，要避让主道上的车，同时要注意离开转盘的时候不要下意识又回到右边车道了，危险啊！

沿途景色很美，路边有一些很小的临时停车点，可以下来伸展一下。也偶有一些服务站或国家公园休憩点，方便补充能量。走走停停，一路向北，一路狂飙。路边的景色从平原的湖光山色、绿树葱葱，慢慢变成了高地低矮枯黄的草甸，晴朗的蓝天也开始被层云覆盖，荒漠气氛渐浓，天幕近了。

Glen Etive和Glencoe附近是苏格兰高地最精华核心的区域，也是最新一部007的取景地。两边的山很高，著名的三姊妹峰（Three Sisters）就在其中。道路从中间崎岖的峡谷穿行而过，拐过一道弯，前方豁然开朗，夕阳洒在山口广袤的草甸上，远处的山峰萦绕着如丝的云雾。山不在高，有仙则名。穿行云雾间，则为仙境。

King’s house，一个很难找但在驴友中享有盛名的驻扎地，在A82公路某个岔路里，方圆几英里没有人烟，正对着Glen Etive山峰，是苏格兰版的桃花源。这家店只有十几个房间，只提供电话预订。订完后，我要求给一封确认电邮。于是，我就有了King’s house的email地址了，朋友们再也不用再遭受电话预订的困扰了。网址为http://www.kingshousehotel.co.uk/，电邮为

kingshousehotel@gmail.com。

King’s house并没有Skyfall庄园这个地方，那不过是电影的一个临时布景罢了。这里，或许就是我们追寻的天幕山庄。

Glencoe附近很美，开着车随便拐入一些岔路，就有看不完的美景。找个能停车的空地，徒步走进山里，往往会有惊喜。但这里的天气变化很快，最好穿着防水的衣物，山里路滑，泥土也经常有较多积水，最好备一个防水的鞋套，或者穿一双防水靴。

沿A82继续向北，可以一直通往海边和天空岛。天空岛比较远，没有纳入我们的行程。我们最远去到了一个叫格莱芬纳（Glenfinna）的地方，通往哈利波特的霍格沃茨魔法学校的那座铁路桥就在这里，格莱芬多学院的命名应该也是受此地名启发。

两天差不多三百英里，我也变成一个地道的苏格兰车手。在蜿蜒的山路上维持近100公里的时速狂奔，那种惊心的快感，难以言喻。原来欲望是会被传染的，我已不再是被后来者追逐的对象，追赶前车成了心瘾。

King’s house附近的野生麋鹿

回到格拉斯哥，因为是周日下午，租车公司早早关门，只能第二天一早再还车。加满油，想在酒店附近找了个室内停车场，但一天12英镑贼贵。路边用大大的标语写着三四英镑一天的停车场很多，但根本找不到收钱的人，只能停在了一个室内高档停车场。其实，英国有很多Pay & Display的自助停车位，投币或刷卡付款后，将机器打印的票据放在驾驶座前的挡风玻璃上，还要留意车位可允许的最长停车时间即可，如果警察看不到票据或超了时都会被开罚单的。

在苏格兰短短的两天，却感觉过了很久，太多的美景留在了心间。在返回曼彻斯特的火车上，已经忍不住开始回味这段历程，但假期才刚刚开始。

格莱芬纳高架桥，开往霍格沃茨的列车即将出现

致青春，红魔梦圆

有人说，好的照片应该给人留有想象空间。我的照片不能算好，但它们的确是旅程中的点滴记忆。我尝试着用照片，讲述每个场景背后的那一个故事。

曼联，对于大部分人来讲只是一支著名的球队，有人喜爱它，有人憎恨它，我，信仰它。不远万里到英国朝圣，而且还要一而再，很多人不能理解。但没有人比我更清楚，那段叫做“黄金年华”的岁月已所剩无几。

老特拉福德门外，曼联三位元老的雕像

21年前，六年级的我已经非常喜欢踢足球，广东电视台每周六转播一场“英格兰甲级足球联赛”，我开始观察和模仿电视上球员的一些动作。初中后，我渐渐发现解说员经常提及的一支身着红衫的球队——曼联，里面有个踢左边锋带球飘逸的小伙子。我开始模仿他练习左脚，在球场上也经常站左边锋的位置。那个小伙子就是吉格斯。

红魔所向披靡，打法行云流水。1995年，弗爵爷的七小福走入了公众的视野，开创了曼联青春风暴的黄金一代，把我对曼联的喜爱推向了高潮。我不否认，我当初喜爱曼联，就是喜欢那种不断取胜的快感和压哨绝杀打不死的精神。千禧年前后，年岁的增长也让自己产生的迷茫、莫名的挫败感如影随形。每周看曼联比赛，就是延续我希望的源泉。1999年全盛期之后，曼联也度过几个颗粒无收的赛季，我默默地注视着他，它也继续支撑着我。我和挚友说，我一定要到曼联朝圣，它对于我，已不再只是一支球队。

2011年，在西瓜猫的成全下，我初次到了这个梦想之地，初恋般的兴奋让我忘乎所以。莫名其妙地又经历了人生的一段低谷后，我越发体会“活在当下”的道理。弗爵爷年岁不小了，估计这一两年内也会退隐江湖。吉格斯、斯科尔斯，最后的黄金一代告别绿茵也进入数秒阶段。这些人都是这段青春的见证，挥别之前我想与他们说再见。

这次刚下飞机，我们就去了曼联博物馆，弥补初次的遗憾。球场巡游（Stadium Tour）是要严格按照预约时间参观的，有专业的讲解员引领。博物馆则可以在开放时间内无限次出入。

从博物馆出来，自然就到了MegaStore扫货。我想买一件Scholes的球衣，结果挂出来的全是Rooney、Van Persie、Giggs、Chicharito、

Carrick、Kagawa的，唯独没有Scholes。咨询店员，原来可以购买空白球衣自己印名字，我突发奇想，干脆印个20号的Champions吧。其实这一刻，没人想到三天后会是登顶之夜。

4月22日一早，在格拉斯哥还了车就登上了开往曼彻斯特的列车。回到曼彻斯特已是下午1点半，回酒店Check-in换装后，马上启程前往卡灵顿训练基地探营。

卡灵顿训练基地隐匿在郊野天地之中，一般不对外开放，除非官方组织活动邀请。当地的球迷也摸清楚了球员的作息时间和训练计划，经常守在门外索要签名。今晚有比赛，卡灵顿上演空城计，只有个别职员的车进出。不得其门而入，我们只好前往OT球场。

下午5点多，天色比较阴暗，还下起了零星小雨。曼联今天若取胜将提前夺得第20座顶级联赛奖杯。场外的球迷慢慢多了起来，叫卖的小贩也挥舞着预祝胜利的旗帜。我身穿Champions20的嚣张背影引起了在场球迷和记者的关注。在西瓜猫为我拍照的时候，身边突然冒出来若干镜头，“Your back must be famous”，曼联电视（MUTV）的记者如是说。

比赛开始了，曼联组织攻势，右路下底传中，力量偏大，球在后门柱附近即将出界之时，Giggs左脚轻巧一垫，中路包抄的Van Persie突袭空门——1：0。Rooney中场断球后长传对方身后发动反击，Van Persie面向球门，背身球不着地左脚凌空抽射，死角，2：0！上一次曼市德比Rooney的惊世倒钩成为了英超十年最佳，这次范将军的凌空抽射至少也是本季金球，随后的比赛完全在红魔掌控之中，又见范将军抢射，3：0。全场球迷齐唱的歌颂球员的歌声此起彼伏，“Oh, Robin Van Persie”自然成为了当晚最热门的一曲，20冠已是囊中之物了。下半场临结束的时

『Your back must be famous』，曼联电视（MUTV）的记者如是说。果不其然，我的背影出现在夺冠之夜各大媒体版头

候，Kagawa单刀打飞，全场齐呼“What the fuck is that”，终场哨响，全体激动起立鼓掌，和身边的人击掌拥抱，大家唱起了“Champions always, Champions always, Ole, Ole, Ole”。

我购买的是曼联官网赛后到曼联餐厅就餐的套票。每个人都有自己指定的位置，提供餐牌点餐，三道菜。为了方便服务生记得每个人点了什么菜，各位客人都有一个代号。我的代号是：Rooney。吃什么已经不重要了，因为我是VIP，我们是冠军。

晚宴结束已经是晚上11点多，走在通往轻轨站的路上，沿途都是喝醉酒狂欢的球迷。月台上，几伙人对唱庆祝歌曲，相互挑衅。我感觉自己是用生命在回家。

由于错过了回Piccadilly的末班车，我随便上了一辆车，车内球迷继续狂欢。在圣彼得广场下车步行回酒店。多么神奇的夜晚。曼联再次登顶，果不其然，我的背影出现在了当晚BBC、每日邮报等各大媒体的版头。

英伦乡村，追随春天的脚步

第二天清晨，城市昨夜的热情退去，寒风依然刺骨。离开酒店，租车从曼彻斯特沿M6高速公路南下，一口气开了两个多小时，到了Gloucestershire郡地区。这里星罗棋布着英格兰中部典型的乡村，风光和苏格兰大不一样。因为在南面，气温高了不少，约十七八摄氏度的样子，阳光明媚。处处都是葱绿的新芽，洋溢着春天的气息。不变的是，路上的车依旧开得很快，你想慢悠悠地兜兜风，那是不可能的。选择一个自己钟爱的地方，果断下车徒步吧。在高地是洗涤心灵，在英格兰乡村是洗肺。

Parks Farm B&B周边的农场

一个过客在异乡驾驶，Tomtom指引我穿越在田野间的土路上。第一站，我们找了一家叫Parks Farm的B&B体验英国乡下生活。房子是在Winchcombe镇附近一处山头的一个大农场内，比较“与世隔绝”，只可以通过邮件预订房间。负责联络和招呼客人的是女主人Rosemary，她的丈夫Wilson先生则每日务农。

Wilson先生家里养了几条狗和一只猫，狗狗可以待在家里，猫却要在农场内到处巡视。小猫叫Scratchy，听着名字就知道骁勇善战。

我们去的时候刚好碰上了镇子上的春季集市。住在乡村的人想要购物其实并不是十分方便，所以定期会组织集市，大家可以在里面淘到心仪的物品。

据房东介绍，Winchcombe镇上有几家餐厅比较正宗，一家叫White Hart，一家叫Red Lion，都以动物命名。我们去了White Hart，他们追求简单而美味的食物，使用当地食材，还不错。

在国内习惯了丰富的夜生活，旅居国外的朋友很不习惯。英国的乡村，入夜后更是一片死寂。也罢，听着虫鸣鸟叫，数着星

Gloucester教堂

Chipping Campden，鲜花环绕的童话小屋

星入睡，何尝不是一种稀罕的幸福?

Gloucestershire郡周围有很多值得品味的地方，老房子、教堂、修道院、城堡、溪流、山野、密林，当然，还有美食。Gloucester教堂，虽然不大，但很精美。《哈利波特》霍格沃茨魔法学校的回廊，就是在这里取景的。Winchcombe附近的Sudeley Castle，应该是译作雪德利城堡吧，曾经的荣耀依稀还能看到。城堡还有一个珍禽区，里面住着来自世界各地的珍稀禽鸟。

从Chipping Campden到Broadway之间沿着山脊有一段差不多八公里的徒步小径，沿途会穿越很多私人农场，和牛羊近距离接触。这些徒步小径都会有“Public Footpath”的指示牌，政府为了让更多人能享受自然风光，所以立法允许徒步者进入这些私人农场，但徒步者不能远离小径，更不能触碰或破坏私人财物，比如牛羊。

美丽而宁静的Stanton，游人极少，也非常适合散步。Chipping Campden镇中心一带最著名的是独特的茅草屋。

美丽而宁静的Stanton

Sudeley Castle的残垣断壁，恍如隔世

被温柔的岁月，被凝固的时光

我对古旧的有历史的东西有一种莫名的钟爱，我时常在想，前世的孟婆汤是否药力不够，今生总想回眸，回到过去。我不懂建筑，但面对大拆大建，心里总会隐隐作痛，每一个故事，每一段历史，就在这钩机挥臂间灰飞烟灭。新旧不能并存？那是天大的谎言，不过是良知敌不过利益罢了。我喜欢古色古香的东西，走过寻常巷陌，抚摸一砖一瓦，想象着当年的故事，自己不知不觉会代入其中。

Bibury的鳟鱼农场，完全符合我对童话小屋的想象

Lacock，沉淀了多少岁月

从Winchcombe的Parks Farm离开后，我们继续沿着乡间羊肠小道南行到了Cotswold的核心地带——Bibury。这是一个很平常的小村庄，但恰恰就是这种不加修饰的淳朴，让人可以近距离感受乡村的惬意。都说Bibury是英格兰最美的乡村，这个不假。房子很美，河流很美，花花草草也很美，而且历久弥新。在某个时候，我真会觉得自己回到了过去。男人们扎着裤管，在牧草地里整理着土地；妇女们穿着长裙，站在屋门口张望；马车在石板路上哒哒哒哒地走过，村子内炊烟袅袅……

阿灵顿排屋（Arlington Row）是Bibury的一种特色房子，有别于传统的欧式小别墅，排屋是几间房子连在一起的，其实这种平房在国内有很多，尤其是在兵营和厂区，只不过阿灵顿排屋的历史更为悠久，造型更加美观。

村子里有一个可以购票参观的鳟鱼场，走在这里，我经常会幻想自己进入了霍比特人的奇妙家园。鳟鱼场门口鲜美的鳟鱼排，加上小桥流水的环境，才6英镑，再配上当地的苹果汁和阳光，真是享受。

或许是盛名之下，Bibury没有Chipping Camden和Stanton那么

宁静，这里常有旅行团出没，多数是日本人和欧洲人。我们住在村口有餐厅和酒吧的The Catherine Wheel 酒馆，只有几间客房。晚餐的时候发现白天在村子里遇到的小商店的老板、徒步遛狗的人、花匠等都聚在这里聊天喝酒，应该是Bibury的聚集点，因为我似乎看不到村子里有别的酒馆了。

在路上遇到一个小机场，小到飞机直接停在路边，机尾部分伸出到路上。继续驱车向南，接近巴斯东部的地方，有一个叫Lacock的小村庄，这是《哈利波特与魔法石》的取景地，Lacock有一家叫King Johns Hunting Lodge的茶室，里面的环境超优美，是下午茶的好去处。

英格兰乡村的基础设施很完善，交通卫生等问题不用担心。多么希望时光可以停顿，可以不用操心社保基金、医疗保险、公平正义，只是流连在这些没有浓重商业气息和工业气味的地方很

Lacock镇一个茶室

久很久……

不知不觉，走的路越来越宽，再不是田野间的羊肠小道。离开英国前的最后一夜，落脚在久违的巴斯。当汽车拐过一道弯，眼前出现一个凹陷在山谷中的城市，房屋整齐错落地铺在山腰上的景象，心里仍然为之兴奋。很遗憾，车速很快，路边没有停车的地方，就这样错过了梦寐以求的唯一可以俯瞰巴斯全景的地方。

巴斯是一个凹陷在一群丘陵中的城市，市中心是一个河谷，西北面山麓上整齐而起伏的房屋构成了这里独一无二的天际线。欣赏这个景致最佳的地点是在城市东面的山上，上午顺光。可能是之前做的功课有误差，我们一直以为这个“最佳地点”是在巴斯大学。却万万没想到，进城时匆匆一瞥，已遇见最美的景观。

巴斯大学位于城市东面的山顶，也是个散步观光的好地方。校园很大，找停车场就花不少功夫。校园的草坪上有好多野兔，自然保育非常好。巴斯是Bath的音译，因为古罗马人在这里发现

巴斯，入城了

Lacock镇的一个茶室

了温泉，并兴建了大规模的浴场，因此得名。所以，到巴斯要泡温泉。

罗马人皇宫温泉遗址是此处的名胜，昔日帝国脚下的温柔乡。温泉出水口，至今仍在流淌充满矿物质的热水。在皇宫温泉遗址附近有一家和国内水疗馆类似的温泉洗浴中心，分若干楼层，有不同温度、气味的温泉泳池和蒸汽房。最过瘾的是天台上的露天温泉，享受着明媚的阳光，欣赏着金灿灿的城市；十摄氏度的气温，让你在出水的那一刻遭遇冰火两重天的快感。这里不时有特价，我们80英镑/两人，温泉+晚餐，还算实惠。

巴斯市区很小，步行即可。沿着河岸走，看到很多跑步和喂鸟的人。在皇家新月楼门前，一群学生在草地上踢球。

我们住在市中心河边的Travelodge，特价36英镑一晚，房间超大。第二天，我们就要从巴斯去往伦敦Gatwick机场飞往土耳其。

其·遇记，水乳交融的帝王城

在很长一段时间里，我搞不清楚土耳其属于欧洲还是亚洲。翻开伊斯坦布尔的历史，你会发现这是一个充满魔力的地方，城市坐落在亚欧大陆交界处，连接黑海和地中海的博斯普鲁斯海峡宛如咽喉被这座城紧紧掌握，古往今来多少王朝在此易主。在此东西方文明交汇点，宗教历史也是灿烂多彩。发源于古希腊城邦，曾为东罗马帝国腹地，后被阿拉伯人入主，亦受伊斯兰文明照耀……

下飞机，什么表都不用填，随手盖个章，入境。土耳其使用其本国货币“里拉”，在机场和市区都有很多银行ATM机，其中一家有个绿色四叶草标志的，可以支持中国银联卡直接取款的。建议使用。

伊斯坦布尔有两个机场，一个欧洲机场Ataturk，一个亚洲机场，我们在欧洲机场降落。从欧洲机场到市区最便捷的工具是地铁，没有英文，但自助售票机很容易操作，有个“+”号按钮，选定所需要的票的数量，按绿色确认，然后投硬币，机器就会吐出红色的车票代币。请注意，换乘不同交通工具是要出站后再进站的，所以如果是地铁转轻轨的话，请每人准备两张票。

在伊斯坦布尔可以看到世界各地的游客，清真寺尤为普遍，绝大部分都可以入内参观，其中以蓝色清真寺和苏雷曼尼亚清真寺为佼佼者。欧洲区的东南角是景点集中的地方，轻轨一号线T1的Sultanahmet站，集结有蓝色清真寺、旧皇宫、圣索菲亚大教堂。

建于17世纪的蓝色清真寺是伊斯坦布尔的地标，因内部蓝色瓷砖装潢而得名，绝无仅有的六个宣礼塔也昭示着蓝色清真寺极为崇高的地位。除了伊斯兰圣城麦加以外，一般的清真寺最多只有四个宣礼塔。据说当时的苏丹王授意建筑师将蓝色清真寺建成“黄金的”，但被错误听成发音相近的“六个的”，因此成就此奇观。礼拜的人和游客分门而入，女士须披头巾，不得袒露四肢。

蓝色清真寺有六支宣礼塔

圣索菲亚大教堂的马赛克基督壁画

紧挨着蓝色清真寺的就是著名的圣索菲亚大教堂，这是拜占庭帝国的标志性建筑，后来被改建为清真寺，现在作为博物馆被保护起来。教堂须要购票方可进入，我在附近转悠了几天，发现下午的游客明显少很多，中午却是旅行团参观的高峰。门的左边是团队入口，门的右边才是散客的队伍。不要站错队，否则得重头来过。基督神像与伊斯兰经文共存的景象是圣索菲亚大教堂的一大奇观。

在蓝色清真寺和圣索菲亚大教堂之间，有一个昂贵的土耳其浴场。广场上很多卖小吃的，最常见的就是烧玉米和清水煮玉米。

建在山崖上的旧皇宫在圣索菲亚大教堂的旁边，皇宫外侧的地下还有一个隐秘的地下水宫殿，昏暗的环境增添了神秘气氛。这是拜占庭时期建造的蓄水池，长140米，宽70米，由336根巨柱支撑着，行人栈道贯穿其间。水宫的尽头，两根石柱底下压着蛇发女妖美杜莎的头，据说正视她的眼睛，你会变成石头的！

进入皇宫需要购买门票，参观后宫要再单独购票。小小的后宫很精美, 宛如一千零一夜的世界，门廊相套，只有一个望海的小

地下水宫里美杜莎的头像

花园，像一个圈养妃嫔的监狱。巴格达宫外，满园春色关不住。皇宫的东北角就是海边，眺望亚洲，咫尺天涯。

我们住在蓝色清真寺和圣索菲亚大教堂中间的Side Pension旅馆，周围很多餐馆和酒吧。中途去过一趟番红花城回来后，可爱的旅馆主人为我们升级入住旁边的Side Hotel套房，带客厅、厨房和露台，还包含了早餐，餐厅在天台，一边望着蓝色清真寺，一边隔海望着亚洲区，性价比极高。

如果往海边方向（热闹区域的反方向）深入，就会越发安静，渐渐走入了寻常巷陌百姓人家，街区很干净，水果之类的日常用品实惠很多。一些小有名气但游人寥寥的清真寺也可以参观一下，冷不防会有大伯大妈收入场费。

参观小索菲亚教堂的时候，我看到窗外远处的海边有一群人在踢球，于是，牵着西瓜猫的手“不知不觉”就散步到那群人那儿。那是一群二十出头的小伙子，当然也有貌似三十多的大叔和十几岁的小孩。他们看到我就主动邀请我加入，一开始以为我

小圣索菲亚清真寺有种洁净雅致的美

耶尼清真寺前的台阶上可稍作休息

是日本人，跟我说“康尼奇瓦”。我说我来自中国，他们恍然：“哦！秦！”

阳光下的西瓜猫也没闲着，场下的人围着找她照相。

欧洲去了这么多地方，我都很喜欢。可能是自己本来就源自草根的缘故吧，我在伊斯坦布尔觉得很自在，很容易就融入了这里，不需要特别注意什么，很舒服。没关系，喜欢就多住几天吧，土耳其好玩着呢。

色·诚

大街上涌动着热情奔放的和素裹严谨的穆斯林女士，大巴扎五光十色的各路货色将人的物欲推至顶端，大气中不时传来的净化人灵魂的宣礼召唤。

像巴黎之于我，伊斯坦布尔在我心中是一个散漫的城市。这种“散漫”是我对自由自在生活方式的一种向往和赞美,也许是一种围城心态，也许伊斯坦布尔人从不认为自己自由自在，一切的评论，只是作为一个过客那时那地的感受罢了。

游历一处地方要像喝茶一样细细品味。金角湾上的加拉塔大桥因桥上无数的垂钓者成为一大景观，他们将渔获卖给桥下的食肆，成为了诱人的盘中餐。加拉塔大桥还是观望夕阳的好去处，听着清真礼赞，一群鸽子在落日的余晖中飞舞，远处是神圣的苏莱曼清真寺，什么烦恼都没有了。有时间的话可以从蓝色清真寺顺着轻轨一路散步过来，沿路都是热闹的商业街，也可以直接坐T1，也可以到达。

博斯普鲁斯海峡是一个必游的景点，游轮码头就在金角湾大桥旁边、蓝色清真寺这边，不用过桥。售票处在码头内，最好提前一天买票，以便安排好时间。码头附近有很多人也在兜售博斯普鲁斯海峡游船票，那些是私营的小船，良莠不齐，小心上当。你可以买双程票，就是从金角湾出发，一直开到黑海出海口，绕回来，还在金角湾结束行程；也可以买单程票，中途会停靠若干站点，在其中一个码头下来，从陆路继续自己的行程。我们要去鲁梅利城堡，所以选择了单程，坐到接近出海口的一处码头下船，转乘巴士返回。

在游轮上遇到了同胞，一行十数人，看似影友。船上人多，大家都先到一股脑地挤到船舷处，抢占好位置拍照。外国人其实也会这样，但拍完了就让出位置给他人观赏，同胞们拍完之后就赖在那里不走，让船舷边的游客只能看他们的背影。鲁梅利城堡（Rumeli Hisari）就在横跨欧亚大陆的大桥边上，矗立在海边的一处峭壁之上。城堡只剩断壁残垣，有点像野长城。眺望海峡，心旷神怡。

黄昏登上加拉塔塔，俯瞰伊斯坦布尔

加拉塔桥，桥上钓鱼，底下一层吃鱼

香料市场和大巴扎是香气诱人刺激眼球的地方，巴扎是集市，大巴扎是个超级大的人潮如织的集市，足够走几个小时。里面的商品琳琅满目，色彩鲜艳，*007: Skyfall*的开篇场景就来于此。香料市场就在加拉塔桥旁边，主营各种调味香料，是凑热闹的首选去处。

过了加拉塔桥，沿着山坡直上就是独立大道，这应该是伊斯坦布尔市中心的一条主干道。我们去番红花城那几天，恰逢伊斯坦布尔人民上街游行，与防暴警察上演全武行。土耳其经济不景气，失业率高，人民已有所积怨，加之政府拟拆除独立广场附近的公园兴建商业广场，矛盾一触即发。当我们走在昨日火力全开的独立大道，

香料市场里人头涌涌

甜品

街照逛，人照嗨。在餐厅歇息期间，游行队伍走过，比较激进的示威人群在高喊口号，警察严阵以待。突然，警察开始整理装备，带上防毒面具，可能要放催泪瓦斯驱散人群了，赶紧撤离！

土耳其人是突厥后裔，饮食方面谨遵穆斯林传统，羊肉自然是常见的食材。独立大道上有一家叫Saray的餐馆，它的主食和甜点的搭配尤为不错！这家店在加拉塔桥附近也有分店。色彩缤纷的土耳其软糖长得像切糕，但不贵，非常好吃。喝土耳其茶可以解腻，我放一颗糖，本地人至少两颗，他们口味重。

伊斯坦布尔的清真寺星罗棋布，数不胜数。除了极个别谢绝参观外，绝大部分都可以进入参观。在清真寺外，常看到各色信徒宽衣脱袜洗脸洗脚，而寺内肃穆的气氛，真的会令我感到平静。我相信，一个有信仰的国度，再坏也有谱。所谓信仰，不过是心灵的追求和默守的戒律而已。

洗脚池前的信徒

博斯普鲁斯海峡边上的鲁梅利城堡

番红花城，奥斯曼的遗存

土耳其将近90%以上的国土都位处亚洲。15—19世纪期间，突厥人在此建立了信仰伊斯兰教的奥斯曼帝国。因其地处东西文明交汇处，掌握东西文明的陆上交通线达六个世纪之久。17世纪，岁月犹如大漠中蚀骨的风，逐渐将帝国吹得七零八落灰飞烟灭。如同大唐盛世一样，只能通过历史遗迹对那个时代遥相忆。

在土耳其中北部的安纳托利亚和黑海地区交接处，隐藏着一座奇迹般保留着奥斯曼帝国时期建筑和文化，名为番红花城

山腰的茶室，一大清早还没开市

（Safranbolu）的小山城。番红花其实就是我们所说的藏红花，是一种名贵的药材。17世纪时，番红花城是番红花的贸易以及种植中心，至今城东二十公里处的村落依旧种植番红花。

清晨，登上山顶公园，俯瞰整座番红花城，炊烟袅袅

番红花城离首都安卡拉两百多公里，离伊斯坦布尔四百公里。通常驴友们都会从伊斯坦布尔出发，经由番红花城，然后前往安卡拉，再向东到卡帕多奇亚体验热气球，之后折返西部的棉花堡，最后返回伊斯坦布尔。但是我们没有足够的时间环线旅行，只是选择了番红花城作为唯一目的地，随后便折返伊斯坦布尔。

伊斯坦布尔有很多旅行社都有代理到各地的汽车票，

赫德尔勒克山上，一棵开花的树

不一定到汽车站去购买，都是电脑联网的，票价和汽车站一样，而且可以电脑选位，马上付款出票。

番红花城分为新老两城，客运站在新城，都是新派建筑，与国内很多三线城市无异；老城则完好地保留了奥斯曼帝国时期的建筑风格。老城很小，道路狭窄，除了进出城的泊油路外，基本都是鹅卵石或大青石铺砌的路。房屋以木制框架的结构为主，分多层，首层是起居室和厨房，楼上各层则是客厅和各类房间。

我们住在传统的奥斯曼建筑里。

我们在伊斯坦布尔网购了到番红花城的汽车票，到了番红花城才发现，这里没有繁杂的交通，天很蓝，不需要攻略，随意走走就很惬意。小城里还保留着不少像打铁铺、面包坊这样的传统手工业作坊，老城里还有相当多美食！番红花糕，甜而不腻，配上一杯番红花茶，绝了！吃饱饭，喝杯水果茶或者抽个水烟什么的，神仙站不稳啊。

这里可以享受经济实惠的土耳其浴了，男左女右，分开洗。土耳其浴室的楼顶长得都像拔火罐似的，很容易辨认。有彪形大汉帮你搓背，洗浴过程过于香艳，有机会自己试试吧，挺好玩的。

在这个神奇的地方，可以在树下许愿，可以在山顶冥想，总之是个做梦的好地方。

在伊斯坦布尔的旅店，门房一见我就问是不是土耳其人；在车站等车前往番红花城时，一位七八十岁的老奶奶和她的儿子一直抓着我讲土耳其语；到了番红花城，又遇到说我像土耳其人的。难道我有突厥血统？真有那么像吗？

十七天，领略昔日日不落帝国的庄严，感受英伦乡土的优雅，横跨欧罗巴大陆到达东土土耳其，体会东西文明的碰撞，窥探拜占庭的繁华。如此混搭，是为了让自己好好记住每趟行程——不曾相似，难以混淆。英国有曼联，爱不完；土耳其很精彩，没玩够。我还会再去。

第七章

纵横中土世界，新西兰南岛自驾之旅

首次跨过赤道踏足南半球，落脚点选在新西兰。这个曾被我误解为“纯而不美”的国度的多样性地貌和完好的自然环境将我们完全融化。

Day 1 广州—奥克兰

Day 2 奥克兰—皇后镇

Day 3 皇后镇

Day 6 Manapouri—Bluff

Day 7 Bluff—Nugget Point

Day 9 Moeraki—Lake Tekapo

Day 10 Lake Tekapo—Mount Cook

Day 13 Fox Glacier

Day14 Fox Glacier—Hokitika

Day 4 皇后镇—Te Anau

Day 5 Te Anau—Milford峡湾—Manapouri

Day 8 Nugget Point—Moeraki

Day 11 Mount Cook—Wanaka

Day 12 Wanaka—Fox Glacier

Day 15 Hokitika—基督城

Day 16 基督城—Akaroa—基督城—广州

纵横中土自驾攻略

关于签证：广州时代广场有新西兰签证中心，接受个人旅游签证申请。自助旅行申请个人普通访问签证即可。所需提供的资料包括身份证明、在职证明、单位准假信、收入证明、资产证明等，不会要求你冻结资金或提供保证金。具体要求详见新西兰签证中心网站http://www.newzealandvisachina.com/chinese/ 。

关于入境：新西兰生物进化与亚非欧美差异很大，岛上没有大型哺乳类动物。由于生态系统非常纯净而且相对脆弱，所以新西兰对于动植物制品入口的管制非常严格。在去程的航班上会领取到入境卡，切记勿携带含有中药成分的制品、康泰克百服宁等含有麻黄成分的药品，以及各类动物皮毛、泥土和木头制品，如确有需要携带，请如实申报。我们只带了常规的藿香正气丸和喇叭正露丸，申报了药品，直接放行。穿过去户外的鞋子也要申报，如果嵌有泥土一定要刮干净。

关于自驾：可使用中国驾照在新西兰驾驶机动车，但必须办理中国驾照英文翻译及公证。现在新西兰承认中国公证处认证的驾照英文翻译。广州市公证处在东越秀城市广场南塔10—11层，无须预约，办公时间带齐身份证、驾驶证原件前往办理即可，两周左右取得翻译公证，收费在200元以内，具体详情请参阅广州公证处官网http://www.gz-notary.com 。

个人不推荐租房车旅行。南岛路窄，都是双向两车道，限速100公里每小时，大家基本都是按上限速度开。房车太大，不好开，很快会被后面车紧追。而且，房车是不允许在野外随处驻扎过夜的，一定要开到指定的营地去，而营地的数量远比旅馆要少。再者，睡狭小的房车里哪里舒服？万一下雨，隔音效果差到让你彻夜难眠。

新西兰租车公司很多，个人推荐性价比高、网点多、服务好的Apex。提前几个月留意一下官网http://www.apexrentals.co.nz有无特价放出，我提前五个月逮着一个日产骐达+30新元/天+全险12新元/天、折合人民币约230元/天的优惠。皇后镇提车，基督城还，没有收取异地还车费用，这个比其他很多公司都好。

因为新西兰90%都是以烧汽油为主的日本车，提车时记得留意是汽油（Petrol）还是柴油（Diesel），如果是汽油，一般加91号的Regular汽油，即油站绿色的油枪中的油，油价在2.16新元/升左右，不同地方会上下浮动，人越少的地方越贵。新西兰的油站分人工收费和全自助两种，少量全自助油站付费系统偶尔会出bug，要有心理准备。

新西兰和英国一样开车靠左行驶，驾驶员座位都在右边，即右舵车。方向盘左边的是雨刮开关，右边的是转向灯。强烈建议出行前到新西兰交通局网站www.nzta.govt.nz了解交通规则，出行期间也可以通过该网站查询各道路实时路况，以免因封路而影响行程。

南岛绝大部分地方停车都是免费的。停车位旁边如有蓝色的牌子，上面标注的数字就是可以免费停车的分钟数，超时可能会被罚款。如果停车位旁边有Pay&Display标识，就要在自助终端选择要停多久并缴费，并将回执放在车内前挡风玻璃处，避免误罚。

关于上网：新西兰免费Wi-Fi不多，南岛更少，部分汽车旅馆提供限时流量的连接。建议使用当地运营商的流量套餐，详情请参阅www.vodafone.co.nz 及 www.2degreesmobile.co.nz 。

关于饮食：这里的海鲜很新鲜，尤其是生蚝当季时；超市的水果也有很多选择，不贵；外出就餐的话建议日本料理、泰餐、西餐、中餐交错搭配，这样不容易吃腻。

关于活动：跳伞是比较刺激，也比较常规，可以通过网上预订，也可以到当地的Information Centre预订。Wanaka有几个飞行培训机构，也有最短都要6个月的私人飞机驾照的培训课程。无风天，他们有一项体验驾驶的活动，可以让没有任何飞行经验的人在指导员的辅导下自己完成起飞、翱翔、降落全过程，129新元。详情可参阅官网 http://www.learntoflynz.com/。也可以考虑从山顶上慢慢飘下来的滑翔伞、快艇拖拽伞、喷气快艇和超级跑车。

新西兰南岛就像一个巨大的国家公园，处处是景。除了少数交通限制路段，其余的路边都可以停车下来拍照游玩。当然，也有很多固定景点的停车设施。

惊艳皇后镇

一直想踏足南半球，新西兰原本不在我们的行程计划内，曾因听到了评语“纯而不美”，一下子扼杀了诸多幻想。但几部《霍比特人》电影还是勾起了我对《魔戒》中土世界的向往。抱着去公园飙车的心态，我们开始了在新西兰的旅程。

高晓松对新西兰人有非常精彩的评论：当年去美国的都是欧洲的莽夫勇士，去淘金开荒的，所以美国是一个尚武的国家，做事很霸气，不修边幅；而当年来新西兰的都是英国农民，都是希望找一片宁静的天地好好养养羊的人，所以性格温顺，非常友善。虽是戏说，却不无道理。相比北岛大城市居民，南岛居民真的很友善很热心。

所以我们放弃了北岛，旅程直接从南岛展开，一个偌大的国家公园，原始的中土世界。

我们喜欢新西兰的秋天。那满目的金黄和五颜六色的花果，更加绚烂多姿。我们在5月中旬出发，从基督城进入皇后镇。因为皇后镇在南面，在叶子掉光之前先去到皇后镇，这样才有好景致；而且到达中西部旷野的时候避开满月，可以更有机会看到银河。

清晨7点，接近皇后镇的时候，飞机进入一个雪山环抱的峡

小而美的皇后镇，秋色让这个弹丸之地充满魔力

谷，地面上笼罩着层层轻雾，此般美景可遇不可求。由于飞机降落必须关闭电子设备，空中俯瞰的美景就只能印在脑海中了。

我可以用很多词汇形容皇后镇，漂亮、金黄、刺激、有趣、悠闲、激动等等，但用一个词来概括的话，“惊艳”或许可以表达它十分之一的美。

皇后镇的机场很小，我们在到达大厅的租车公司门店预订了Apex，工作人员向我讲解合同要点、救援和出险流程，和我在地图上确认了我要去的地方，叮嘱我车辆不能涉水过河、不能驶入

“4wd only（仅限四驱车辆驶入）”的区域。

小小的皇后镇只有几条街道，半个小时就可以走完。在离开镇中心往西北约五十公里处，有另一个叫Glenorchy的雪山湖泊小镇，《魔戒》部分战斗场景在这里取景。从皇后镇到Glenorchy的路上，左手边是一个非常大的湖，右边依山，蜿蜒起伏的道路，美丽的湖光山色，一路开得心旷神怡，又很刺激。

第一次看到平静的水面倒映连绵雪山，如果没有这些低云，魔幻的气氛会少许多。《魔戒》的取景地在某一处山上，我也不知道哪里，只记得是魔

从皇后镇通往Glenorchy的湖畔道路，薄雾萦绕山间，此般美景可遇不可求

兵追杀霍比特人的一幕。在Glenorchy有徒步的路线，可以散散步走上几个小时。随手一拍都是明信片。

返回皇后镇的Wakatipu湖边，有点云，透点阳光，下点小雨，心旷神怡。看，彩虹！后来发现，在南岛，雨后必见彩虹。月亮也勤快，还没日落就开始上班了。想起小时候上幼儿园时，也经常见到白日月亮，那时候天没这么灰蒙蒙。

在镇中心有好多“乔装”成游客信息中心的旅游公司，所有的活动都能在这里预订。我们选择了费用相对合理的i-Site。当然，旺季时出发前先预订好更保险，我们就是这样干的。刺激的项目有高空跳伞、在狭窄的河流上坐喷气船、快艇拖拽伞、滑翔伞、滑水，也有温和一点的游船赏景、骑马、看着雪山泡温泉，甚至可以开超级跑车，兰博基尼或法拉利，外加一辆莲花，试驾两个小时。可以离开皇后镇去赛道开，也可以在皇后镇的公路上开。

高空跳伞可以在任何一家旅游公司预订，也可以上官网www.nzone.biz 了解一天有几个时间点可选，售完即止。一架飞机可载五位客人，推荐上午跳，因为皇后镇的天气都是上午比较好，午后因为热气蒸腾，气候会变得不太稳定，空中活动容易受到影响而搁置。这里跳伞分三种高度：15,000英尺（约4,500米）60秒自由下落（$439）、12,000英尺（约3,600米）45秒自由下落（$339）、9,000英尺（约2,700米）25秒自由下落（$299）。越高，自由落体时间越长越过瘾，当然也越贵。我们选择了3600米。门店在镇中心，报到后会接送到镇外二十公里的基地坐飞机。

穿好装备，等待着登上飞机的时候已经心跳加速了。好多小伙伴在拍摄访谈视频的时候已经语无伦次。飞机是没有座位的，大家都坐在地板上，没有安全带。游客坐前面，背靠着自己的教练。随着飞机滑行起飞，心就像飞机一样悬在半空，眼看着偌大的湖面已经缩成了一块宝石。教练动手了，将自己和游客绑在一起。眼看着同伴从机舱门掉下去，伴随着渐远渐弱的惨叫声，心里既有快感，又发毛。到自己的时候坐在舱门边上，仰起头，还没默念倒数就直接掉下去了。天旋地转！又是空翻，又是自转，根本辨别不出上下左右，失重的感觉原来这么奇妙。一同跳下的还有一位摄影师，会指示你摆各种造型。突然，背上猛地一拉，伞打开了。降落伞打开后在天上飘了五分钟，也很刺激，和上回在阿尔卑斯山玩的滑翔伞是一样的体验。

傍晚可以坐缆车上山顶俯瞰全镇，看到粉色的雪山

回国后才得知，跳伞的时候西瓜猫已有了一个月身孕

镇中心有家叫Ferg Burger的店，汉堡超大，而且用料很好，用来压惊正好。旁边的Ferg Bakery，鹿肉派（Veneson Pie）据说是绝对不想错过的美味。

皇后镇酒店很多，丰俭由人。我们住的青年旅馆YHA-Lakeside，就在湖边，交通方便。双人大床房470元一晚，比酒店便宜了一半不止。公共卫生间空间很大，洗澡如厕没排过队，而且非常干净，设施也齐备。

窗外就是湖边，像幅画一样。湖边更美，满地金黄。这些树估计都有几百年了，好大好大。傍晚可以坐缆车上山顶俯瞰全镇，看粉色的雪山，多美好的日子。

秋天的童话

西瓜猫说，这趟旅程的奇妙之处在于春夏之间平白多了一个秋天。的确如此。去过一些地方，各有魅力，难分高下。新西兰，却是我全力推荐带上小朋友全家出游的目的地，因为纯。在这里，小孩子会经常看到彩虹是七种颜色的，会知道森林里有很多参天大树，会看到野外的萤火虫像星星点灯。但在国内他们何曾有机会看到？在这里，他们也会像外国朋友一样，因为能亲身接触到这些美好的事物而懂得欣赏美、珍惜和爱，从而变得乖巧。

这趟旅程的奇妙之处在于春夏之间平白多了一个秋天

箭镇比皇后镇更小，秋意却更浓。淡季，人非常少

在皇后镇附近晃悠了两天后开始纵横中土。第一站是位于西海岸入海口的米福峡湾（Milford Sound），从峡谷两边高山峭壁上飞泻而下的瀑布群汇聚于此，流入南太平洋。坐Jusy Cruize公司的船游览峡湾，运气好可以看到海豚或海狮畅泳。Jusy Cruize公司在皇后镇机场的免费杂志上有优惠券，可以享受第二个人半价的优惠价格（最新更新可参阅www.jusycruize.co.nz）。除了坐游轮，还有飞机空中游览峡湾的活动，建议这些活动先在皇后镇预订好，因为峡湾离皇后镇将近三百公里，不订好的话可能没位。

去Milford Sound之前，我们取道箭镇并在Te Anau休整了一晚。箭镇很小，是个很美很美的地方。秋日人非常少。镇子中心有一条很短的步行街，是“最旺”的地方，一般旅行团都会来这里。其实我觉得应该沿着斜坡往下走，穿过大停车场来到溪谷边，沿着溪流有一条步道，红红黄黄的叶子将漫山遍野装点得如同童话世界一样，再加上细雨过后山间笼罩着一层轻雾，那种感觉，只可意会不可言传。我使劲地吸着这里的负离子，飘飘然。

从箭镇去往Te Anau的道路相对没什么惊艳，但路上看到的黄叶林子和透过云层的耶稣光还是会引来西瓜猫的阵阵惊叹。差不多下午四点半到了Te Anau，见到了雨天难得一见的阳光。这也是个湖边小镇，比皇后镇小多了，淡季人更少。先记得为车子加满油，因为在新西兰的公路上是没有加油站的，都要到达镇子上才有。在Te Anau的油站旁边，有一家华人经营的“南方礼品店”，如果要在南岛买Manuka蜂蜜及其他特产手信的话，这里是一个好的选择。南岛秋冬天黑较早，五点半太阳就下山了。我们住的Te Anau Top10 Holiday Park Motel，是个湖边的汽车旅馆兼房车营地，房间

Lake Gunn湖边的密林，安静得如同世界在沉睡

很大，有免费Wi-Fi和厨房，还送一瓶早餐牛奶。我不小心摔坏了人家的风筒，店家却说："没关系，这经常发生，没事儿。"真心温暖。在Booking.com可以预订。

从Te Anau到Milford Sound的一百二十公里的路程号称"新西兰最美公路"，途径河谷、森林、冰川、雪山，风云变幻。新西兰国家旅游局的推广影片就在这里取景。但山路崎岖，而且途中有一处单行线隧道，可能要等待信号灯通行，所以请预留两个小时的车程。

奔赴峡湾途中，先会进入一块广袤的河谷，河边都是低矮的草杆，远处的山脚都是雨雾，感觉要把车开入仙境中。穿过了河谷进入树林地带，两旁高大的树木遮天蔽日，感觉进入了女巫的地界。镜湖Mirror Lake就安躺在这里。天晴晴朗的时候，会看到雪山静静地躺在水中。阴天时，绝对的安静，有一种幽幽的气氛。

行至山腰拐弯处，雪山已在向我们招手。翻过山头进入一处小河谷不久，就到达了Homer Tunnel。大概是因为南岛人烟稀少的缘故，这条穿山而过的一公里多的隧道只有一条单车道，因此必须按照信号灯指示通行。但信号灯只工作到下午6点，或许新西兰人根本不会在下午6点之后出现在那里，他们习惯了日落而息吧。

而且隧道靠近峡湾的那头出口，有一种灰不溜秋的鹦鹉，经常攻击等候信号灯的车辆，时常把车门车窗的密封胶条啄出来。幸好我没停下，所以免受其害，但也错过其芳容。

路的尽头就是Milford Sound的游轮码头，Jusy Cruize的游轮上有免费咖啡和奶茶，还有性价比很高的快餐出售。船是三层的，第一层观景更好，因为贴近水面，视角很不一样；顶层是露天的，一定要做好防风防寒措施，尤其保护好脑袋，寒风刺骨。但南岛有一种叫Sandfly的飞虫叮人很痒，水边很多，专用的防蚊液

Jusy船小，会将游轮开到最大的一条瀑布的正下方

人生如戏，拍张《魔戒》，让这个童话世界更加奇幻

是必备！

游船的过程中两岸飞泻的溪涧瀑布会折射出彩虹，有时可同时看到几条。Jusy船小，会将游轮开到最大的一条瀑布的正下方，挺过瘾的。

游船结束后，我们路过Homer Tunnel不久就重新进入森林路段，右手边有一个叫Lake Gunn的很安静的湖，湖边森林茂密，Lake Gunn水平如镜，安静得让世界沉睡。人生如戏，拍张《魔戒》让这个童话世界更加奇幻。一枚充满魔力的戒指，贪婪的Smeagol是否在暗中窥探？雪山的背后隐藏着什么秘密？放心，新西兰没有猛兽，也没有蛇，安全得很。

世界的尽头

从峡湾回程，在Te Anau以南三十公里的小镇Manapouri的一处山林背包客栈休整一晚，再朝南岛最南端驶去。

新西兰南岛地广人稀，道路网并不发达，很多地方离得很近却没有直达公路。

之所以说Manapouri是个小小镇，是因为它比Te Anau更萧条，傍晚五点多，居然没有任何一家餐厅营业，加油站也没人，自助终端不能识别我的信用卡，油也加不了，只能在便利店随便找了些干粮充饥。因为是淡季，客栈只有两户客人，住得很分散。夜晚山里头很寂静，有点阴森。

第二天醒来，感觉脱胎换骨一般，车子加满了油，一路向中土的最南端挺进。沿途都是在田野之间的小路，但路况还不错，限速依然为100公里每小时。南岛的天气风云变幻，一会儿云雾缭绕，一会儿急风骤雨，一会儿又阳光普照。路边看到了无数的牛、羊、鹿，就是没见到神兽羊驼的身影。

约一百七十多公里后，我们到达南部港口Bluff。这里的生蚝是全新西兰最有名的，说Bluff Oyster，食家都知道。每年5月底到6月初是新西兰的深秋初冬，生蚝正肥美，镇里都会举行生蚝节，付入场费后任吃！我们来早了没见到，但超市里有盒装的，23新元一盒，约13个，海水泡着，新鲜肥美。用生蚝当午餐的日子令人回味，现在想起来还口水直流。

作为南部主要港口，Bluff进出的大型货车很多。离Bluff五十多公里，就是新西兰南岛的最南端Slope Point。

靠近海边，树都生长得委曲求全，一副莫扎特甩头发的模样，可见这里的风多么狂暴。最后二十多公里碎石路走到尽头，有一排木栅栏和一扇虚掩的门。门内是私人的农场，但可免费开放给游人借道步行至Slope Point。下车从木门进入，沿着铁丝网朝海边方向

清晨，天色粉润，月亮仍然高挂

走大概十分钟，就到达了南岛最南端。山崖下面惊涛拍岸，远眺一望无际，在此朝南，再无人家，隔着茫茫大海，对面最遥远的地方就是南极洲。

从Slope Point向东再走二十多公里，我们到了神往已久的看野生黄眼企鹅的古董湾（Curio Bay）。Curio Bay是一处保护得极好的海滩，海滩上布满了一亿八千万年前生长于此的灌木的化石。在灌木丛中，还有近八九对企鹅的窝。每天傍晚时分，这些企鹅就会从这里上岸，回家过夜。在这里，没有工作人员，游客不能惊扰野生动物，为此务必保持十米以上距离，不能使用闪光灯，不能大呼小叫。否则企鹅会被吓回大海，难敌夜间冰冷的海水中而死去，而它的族群甚至不敢再回来此片海域。

在瞭望台上等待许久后，我一眼扫到了非常远的石滩上有一只企鹅在上岸，领着西瓜猫静悄悄地走过去。一只、两只、三只，越来越多，这些胖嘟嘟的小可爱抖着身上的水，左摇右晃地在石滩上朝灌木丛走去。其他游客看到我们的发现，也都静静地围了过来。

在Curio Bay，我们住的背包客栈叫Lazy Dolphin Lodge，是一

海边风大，树都生长得委曲求全

背包客栈叫Lazy Dolphin Lodge，是一家东面朝海的双层别墅。淡季包场了

家东面朝海的双层别墅，一楼是主人的起居区域，二楼有三间客房。当晚，主人不在，乐得我们花了76新元就“包下”了整栋别墅。

开放式的厨房面朝大海，客厅墙上的窗户就是实时变换的风景画。客栈主人很贴心地标注出附近各种野生动物的出没地，除了羊和冲浪的人，其他物种都是严禁接近的。入夜以后，一轮明月从东边的海平面升起。接近农历十五，皓月当空。饭后在海滩散散步，安静得只有海浪声，月亮将沙滩照得亮如白昼。虽说月明星稀，但还是见到了银河的轮廓，可见天空之通透。

第二天清晨，当我还在睡梦中，已经出门的西瓜猫就看见了粉润的天空，月亮仍然高挂，海边一片金黄。渐渐地，太阳从东面升起，画出一个美丽的惊叹号。在这离家乡十万八千里人烟稀少的海滩，朝东朝南都是浩渺烟海，感觉如同来到世界的尽头，很奇妙。

天堂边缘

与Curio Bay的梦幻阳光沙滩道别后，我们继续沿着南岛南沿向东，我们经过了McLean Falls，一处山林瀑布，以及一个被叫做“教堂岩洞（Cathedral Cave）”的海滩。两处景点都比较私密，Google地图上可以找到McLean Falls，但显示没有道路可以到达，我们对照地图在GPS上设置一处比较靠近该处的主干道地标，先到它的附近，再留意路上的指示牌。

McLean Falls在车行方向的左手边，提前六百米有指示牌，

McLean Falls附近，日出后森林的水汽蒸发，营造出一个仙境来

梦幻一般的阳光海滩，真想赖在Curio Bay不走

拐入左侧，沿碎石路翻过一个小山头，一直走到尽头就是瀑布景点的停车场。沿步道步行，大概二十分钟就可以径直到达瀑布。建议中午前到达，可以看见Manuka树的真容以及日出后森林的水汽蒸发营造出的一种很奇幻的风景。McLean Falls没有尼亚加拉大瀑布那样磅礴的气势，也没有“飞流直下三千尺”的飘逸，只是和山涧挂瀑一样寻常。但是如此静谧、富有负离子，令我以为只有天堂才有这样的景色。

教大家一个在地图上找地方的小技巧。Google Map是我们必备的法宝，因为它的地图数据是最全面最准确的。有时候在地图上找不到具体某个地方，只知道大概的一片区域，可以在这片区域上点击地图右上角“地图—卫星”的图标下方的下拉菜单，在下拉菜单中勾选“照片”，这样就

东南部沿海的公路都在山上，所以看到大海的地方基本是在悬崖之上，并没有想象中的细沙海滩

McLean Falls的山涧，一种很安谧的感觉

可以看到网友们曾经在这片区域拍摄的照片和具体位置，通过照片一般都能找到你想去的地方，除非你是哥伦布——第一个发现这片大陆的人。我就是这样找到很多鲜为人知、缺少攻略的地点的。

东南部沿海的公路都在山上，所以看到大海的地方基本是在悬崖之上，没有想象中的细沙海滩。沿途景色相当不错，路况好，车很少，以致我看到个车就主动打招呼。沿路没有太大的镇子，见到有加油站就赶紧加满油，见到有超市就赶紧备足干粮饮水，见到有餐厅就随便吃点，因为选择真的不多。

这天的行程非常轻松，一百公里多后就到达了Nugget Point。Nugget Point是位于南岛东南方边缘的一个海角，我们预订的Nugget Lodge客栈就在Kaka Point和Nugget Point的中间，一处临海小山坡上。客栈分两层，上层的是灯塔套房（Lighthouse Unit），下层的叫海狮套房（Sealion Unit），因为从院子里眺望海边可以看到晒太阳的海狮。我们订了海狮套房。设备很新，男主人Willy很友善，他说很多中国客人到他这里来。

躺在舒适的大床上，望着大海，不知不觉就睡着了。醒来时大概下午四点半，看晚霞去。驱车前往Nugget Point灯塔，最后大概四百米需要步行。Nugget的意思是金块，Nugget Point也因几块石头而得名。可惜傍晚云层太厚，阳光早早收了，我们准备第二天清晨再来。这里也有黄眼企鹅观察点，但是距离遥远。开车返回Kaka Point镇中心The Point Cafe享用Blue Cod鱼排，味道不错。这里似乎是附近为数不多的餐厅了，且吃且珍惜。

秋天天亮得比较晚，早上大概过了八点太阳才出来。错过了夕阳，不能再和朝霞擦肩而过，我们7：45就来到了灯塔。灯塔矗立在海角，灯塔对面是一个高耸的山脊，山脊一侧是羊肠小道，另一侧就是悬崖。为了拍摄美景，我毅然爬上了山脊，背着脚架和相机，步步惊心地找到一个容得下我屁股的地方稳稳地坐下。都说无限风光在险峰，不假。随着阳光从左侧慢慢出现，灯塔一边是火焰，一边是冰水。

清晨爬上Nugget Point对面的山脊，阳光乍现，灯塔一边是火焰，一边是冰水

东土嘻游记

8：45，太阳已完全升起，捕捉到天堂美景的我爬下了灯塔山脊，沐浴着晨光返回客栈。客栈套房包丰盛的英式早餐，有酸奶、水果、面包、牛奶、麦片、鸡蛋、培根。饱餐一顿，洗净餐具，继续向东部进发前往Moeraki。

今日的旅程总共两百公里。从Nugget Point出发，沿着公路转向东北方，我们先到了南岛东南侧海滨的“大城”但尼丁。我在这里只有两个“任务”，到斜街（Baldwin Street）挑战地心引力，以及买manuka蜂蜜。

Baldwin Street位于但尼丁的东北面三四公里的地方，目测街道最大的倾斜角度接近40°，全长近三百五十米。很多人将车开到顶端冲下来，体验过山车般俯冲的快感。但我对座驾的马力不敢恭维，每次上大斜坡时都力不从心，咱走路体验算了。

我们在但尼丁的大型超市New World卖到了manuka蜂蜜。随后开车到了一个叫Shag Point的地方，期望能在这里近距离看到海狮。眼尖的西瓜猫首先发现了海狮！黑黑胖胖的，从海滩往上走，爬到我们附近的草地上睡懒觉。

从Shag Point再开一小段，就到达了今天的目的地——Moeraki，

Shag Point可以近距离看到海狮

Katiki Point一对亲吻的企鹅小情人

这是一个东部沿海半岛的一个小镇或者叫小渔村。我们要赶在傍晚前去渔村所在半岛最南端Katiki Point邂逅一下企鹅，据说在这里一片开阔的山头，企鹅很多，只要不越过保护线就可以，连绵几个小山头可以一直往前走。傍晚和清晨都是邂逅这些可爱的家伙的最好时机。

Moeraki虽然小，但是却非常有名，*LONELY PLANET*推荐的“新西兰最好餐厅”——Fleurs Place超旺，提供的食材都是当天新捕获的，需要提前打电话或者邮件预订位置。

我们在一个汽车旅馆兼房车营地Moeraki Village Holiday Park，度过了一个多云的夜晚。

第二天早餐过后，我们就要离开东海岸向中土魔都进发了。在距离小渔村几公里的地方，有一处名叫Moeraki Bounders的海滩，地如其名，大圆石是这里的特色。这堆圆滚滚的石头，天生就是充满故事的玩物。脑洞要开大一点，创意不断。旅行的乐趣就在于可以自导自演故事。此情此景，突然让我想起“东胜神州”。好，这部嘻游记就由我自编自导自演了。也是，唯一能自导自演的是生活。生命不息，折腾不止。

Moeraki的「新西兰最好餐厅」——Fleurs Place

这堆圆滚滚的石头，天生就是充满故事的玩物。脑洞可以开大一点

雪山的狂怒

离开东海岸，从奥玛鲁转入向内陆，朝中土核心地域库克山（Mt Cook）进发。库克山，是南阿尔卑斯山脉的主峰，位于新西兰南岛最中部，也是霍比特人心目中的魔都。由于海拔较高，那里终年积雪，山顶的冰川延绵至山脚，融化的清泉汇成湖泊，点缀着中土广袤的原野。通往魔都的道路异常平坦，大部分时间都在平原上奔驰。在去Mt Cook之前，建议先到Tekapo住一晚，两地相隔一百公里。Tekapo的星空是世界闻名的，是南半球极佳的观星乐园。而且在通往Tekapo的路上，还可以在高山三文鱼农场品尝新鲜淡水三文鱼。

经过一个叫Omarama的地方时，我们看到了鲜为人知的奇异景观——Clay Cliff，黏土峭壁像极了铁扇公主把守的火焰山。这处地方在地图一般找不到，我们按以往的方法获得了Clay Cliff具体位置。按照GPS指示，在接近Omarama的时候拐入东北方的岔路，经过一段上坡弯道，从弯道左侧指示牌旁边的小路进去，一公里左右之后就到达了Clay Cliff的正门。

因为是私人物业，所以大门是虚掩的，主人留言让游客付款后进入，每辆车5新元。进入正门后，车速要放慢，有点坑洼。之

通往Clay Cliff的路，荒漠中的一片红，不是红叶，是红豆

后还要再经过一道门，找个开阔的平地停好车，步行最后几百米。请注意，最后几百米路是4WD Only的，非四驱车不要冒险，保险不保！

Clay Cliff奇特的山壁都是黏土被雨水冲刷而成的，手摸了会粘上一层土。路也不好走，没必要走到山里去，死胡同。建议下雨天就别来了，否则很可能变成泥人。

离开Omarama，继续在原野上飞驰，道路笔直，周围没有山坡，没有房屋，没有树木，只有时速可达100公里的烈风和明媚的阳光。车子以100公里时速前进，居然飘得厉害。虽然关着窗，但车外呼啸的风声还是让人毛骨悚然。

与烈风斗法了数十公里，过了高山湖区后，下午四点，我们到了Tekapo，住在文青至爱的湖边YHA青旅。

Tekapo著名的石教堂，是众多星友的背景图；而《霍比特人2》那个湖边的人类小镇，就在Tekapo湖上取景。远处的就是Mt Cook。

查了日历，虽是满月，但月出时间是晚上九点。饭后来到湖边，天空星星寥落，云层厚。但是高空风大，瞬间云层消退，漫天繁星。我们终于如愿和南半球的银河合影了。拍了一个多小时，旅行团的人也陆续来到湖边，纷乱的手电和闪光，将黑暗中的宁静彻底打破。月亮出来了，我们撤了，你们慢慢玩。

次日早餐过后，我们驱车一百公里于早上十点来到Mt Cook山脚的Hermitage度假村。我们选择将车开到山脚营地，然后向雪山冰川湖进发。

Clay Cliff山脚，风云变幻之际

Tekapo的YHA公共空间很大，占据了最好的风景

进入山口的草甸，这时天开始下雨，登山殉难者纪念碑孤独地矗立着。天色阴沉，冰川融雪而成的河流白如牛奶。显然，我们低估了雪山的威力，低估了旅程的崎岖。刚开始的时候，天飘起了小雨，我们只有两把伞和两件简便雨衣。随着路程深入，风雨越来越大。相机没有防护，只能收在包里用衣物层层包裹。身上的汗水夹杂着迎面的雪雨，开始有点后悔这个疯狂的举动了。冰雨并不是最恐怖的，狂怒的烈风才是。越靠近雪山，四面风越烈，乱风吹得雨伞支离破碎，把身上的雨衣也撕成两半。我们彻底没有防卫了。寸步难行。而且，还有一段路在维修，烂泥夹杂着碎石，作死的节奏。在绝望放弃之际，我们遇到了装备精良的返程驴友，原来冰湖就在前方不远。狂怒的雪山不可冒犯，谨记。此刻已不在乎什么美景不美景，只要能活着回去就行了。

立此存照，返程。往返十公里路途险恶，的确花了将近四个小时，与我预计的徒步行程一致，看来魔都绝境并不是能轻易到达的。回到Heritage酒店——Mt Cook唯一的住宿选择，我们已全部湿透。

冲上云霄

经受了雪山狂暴风雪的洗礼，算是见识“魔都”的威力了。第二天早晨外面雨雾很浓，昨日面戴薄纱的Mt Cook今天彻底不露脸了。山内乌云笼罩，远处的湖面上却波光粼粼。魔都似乎只是在向我们示威，并未正真发怒，我踩足油门，不一会儿就冲出了暴雨的边缘，重投阳光的怀抱。

我们要去位于南岛中部的Wanaka，我们在那里预订了下午4点钟的自驾飞机体验。

从Mt Cook往南，一路都是下坡。因为是深秋，满山都是枯黄的树木和野草，仿佛又重回到去年的苏格兰高地。也许是急于体验飞行，两个小时左右我就开完了全程，来到Wanaka时才中午时分。

我们住在Wanaka镇中心湖边的BBH青旅。和YHA不同，BBH有独栋套房，带独立卫生间，落地窗正对着湖。看了看天，阳光明媚，风和日丽。我等不及给飞行学校打了个电话，看看是否能安排提前起飞。电话那头却抱歉地告诉我，下午要起风，可能不适合飞行。飞行学校在机场旁边，离镇中心十公里路，开车过去也就几分钟。小憩了半个小时，看着天还是如此晴朗，我们坐不住了，开车径直向机场驶去。一进门，职员就认出了我的声音。一阵寒暄，一位看起来比较资深的男士告诉我，他们已经试飞了几次，天上的风较大，不适合体验飞行。今天下午只能取消了，但可以安排明天一早。

职员很友善，看出我失望的神情，主动邀请我们到飞机库去参观拍照，近距离摸摸这些宝贝们。他为我们介绍了各种飞机，最古老的居然已经有超过70年历史。不过机身和发动机都翻新过，但还是保持当时的技术，并没有换上高科技的零件。

随后我和西瓜猫返回了镇上。Wanaka距离皇后镇只有八十公里，这一周我们已经绕着南岛南部走了一圈，现在又差不多回到了最初的起点。这里的海拔、纬度较低，树上的黄叶还没完全掉光。景色与皇后镇何其相似，不过湖的对岸没有雪山。或许是因此，Wanaka也没有皇后镇的声名显赫。

果不其然，下午往后，风起云涌。Mt Cook的乌云追到这里来了！风渐渐大起来，夹杂着丝丝细雨。傍晚时分，很多店家早早关门，大家都说风暴就要来了。那一夜，雨下个不停，一宿难眠，清晨7点多门外还在下着雨，树被风吹得摇摇晃晃。吃完早餐，雨变小了，风也消停了一些，但看起来比昨天下午恶劣。8点整，我迫不及待拨通了飞行学校电话，电话那头说："过来吧，我们试试。"十分钟内，我们出现在学校门口。

迎接我们的是昨日那位资深的男职员，他叫Peter，是一位驾龄超过30年的老飞行员。他解释说，高空的天气条件和地面不同，虽然今天下雨，但高空的气流比昨天稳定，可以飞。填好表格，交钱，每位体验驾驶者129新元，可以免费邀请一位同伴做乘客，飞行时间约20分钟。我和西瓜猫都体验驾驶，所以一共258新元，一起飞40分钟。

飞机可以乘坐四人，前排是正副机师位，后排两个乘客位，我们轮流试飞

Peter在地面上没有做任何讲解，直接带领我们来到机库外的飞机，登机！

飞机可以乘坐四人，前排是正副机师位，后排两个乘客位。我先飞。大家坐好，系好安全带，戴上耳麦。Peter坐在副驾驶位，对着面板教我一步一步操作。先发动引擎，就像汽车打火一样，放手刹。油门是用手控制的，在中控台的中部有一个推杆。稍微给点油，飞机就开始在地面上滑行。飞机滑行时转方向要用双脚踩。左右脚各有一个踏板，踩左转左，踩右转右，不踩就直行，很好掌握。于是，我就将飞机开到了跑道的尽头。加大油门，飞机开始冲刺，这时候手轻轻拉起方向舵，起飞了！我们终于还是冲上云霄。太激动了！飞机上天之后，手可以放轻松，不用老是紧握方向舵。拉方向舵爬升，推就俯冲，转左向左，转右向右，和开车一样。但是千万要温柔，动作幅度要小，否则可能会发生危险。掌握要领后，Peter让我自主地在Wanaka湖上空翱翔。多少年前我曾经差点成为飞行员。多年后的今天，我居然有机会亲自开飞机，也算一偿心愿。降落的难度是最大的，我将油门控制在Peter要求的刻度上，保持机身水平，对准跑道，三、二、一，安全着陆。

重新将飞机开到跑道尽头，换西瓜猫驾驶。西瓜猫谦虚地说她的英文水平不够，Peter说再差也比他的中文水平好，EQ真高。之前西瓜猫看了一路，基本都知道要领了，这次Peter索性话更少，让Captain Cat自由发挥。

体验结束后，还会为体验者颁发证书。和潜水员一样，飞行员也要有飞行日志。而这次体验，就是飞行日志的第一篇。Peter鼓励我们有机会可以考虑参加为期六个月的私人飞机执照课程。嗯，或许有一天会有机会的。

说来也奇怪，我们从天上下来后，天放晴了，居然阳光普照。从期盼到失落再到失而复得，真的像电影剧情一样峰回路转。人生如戏，我再一次深深体会到了。

星河战记

离开Wanaka，一路湖光山色，车辆渐少。或许是前方长期修路的缘故，加上天色多云阴沉，这一带略显冷清。今天的行程共200多公里，前半段雨林部分要小心驾驶。经过多日旷野驰骋，车子终于又一次驶入了树林。狭长的道路，两边高耸着树木，晨光从树冠里透进。晨曦中的树林充满了魔力，丰盈的负离子让我们难以抗拒徒步的魅力。在一个叫Blue Pool的地方，可以到森林里走走，时间充沛的话可以走上几个小时，正好伸展一下身体。在这里，我们遇见了来郊游的七八个幼儿园小朋友，最大的大概六岁，最小的只有三岁左右。大孩子自个儿走，最小的骑在男老师的肩膀上。两位老师很耐心地介绍各种植物和周遭环境，小朋友们仔细聆听。他们都吵闹，横冲直撞，很热情地和我们打招呼。我可以感受到，在这样的氛围下，小朋友很容易被纯净的环境所感染，心中对美好事物的印象也会特别深刻，从小也就懂得爱和珍惜。所以我极力推荐各位家长带小朋友来这里。一花一世界，一叶一菩提。

驶至山洪冲垮的道路现场，一个叫Diana Falls的地方，发现路边的山坡还有落石，一架直升机在一旁待命。工程人员表示可能

自驾过了Haast，西岸的风明显比东岸更猛烈

要等30分钟左右才能放行。好吧，只要不是全天封路就万幸了。虽然停车，但尽量不要打开车窗，因为这里的Sandfly非常多！我们留在车里，慢悠悠地享用着早上在Wanaka镇中心便利店买的盒装生蚝，看着直升机三次从附近的河谷将一些钢材运送到道路断口处，应该是后续加固工程的一些材料。

中午时分，我们驶出雨林来到了Haast。这是沿途唯一的小镇，也就十来户人家，荒凉得很。Haast是今天路线的拐点，之前是自东向西。过了Haast就是由南往北了。左边是茫茫太平洋，惊涛拍岸。西岸的风明显比东岸更猛烈，树也长得很扭曲。海岸线很长，沿路有几个地点景色不错，Ship Creek在阳光下湛蓝湛蓝的，Bruce Bay和Nugget Point有些神似，日落时很有气氛。凡事必有取舍，如果在这里享受了夕照，天黑前就赶不到Fox，也就意味着要走一段夜路。

Fox是一个依靠在冰川旁的小镇，也是西海岸为数不多的落脚点之一。在这里，可以游冰川、看日落、观萤火虫。游冰川有多种玩法，镇上的旅行公司有详尽报价及说明，既可直升机鸟瞰，亦可登临徒步。在皇后镇或基督城机场的免费杂志上有优惠券，别错过了。Fox镇中心有一条Cook Flat Road，沿路一直开，看到了Lake Matheson的分叉路不要转弯，继续往前走。选择一个视野开阔的地方停车，回头看看，冰川和雪山就在眼前，日落时日照金山的景色就会出现。

看萤火虫的地方比较隐秘。入镇的路边、加油站斜对面，有一条很小的步行径，夜晚去可以看到萤火虫。如果实在找不到，问问人哪里可以看glowing worm就可以了。我们白天没有踩点，晚上去怕得要死，好在遇见了几个外国人，跟在他们后面壮着胆。但路实在太黑很阴森，不敢久留，赶紧撤退。所以，强烈建议白天先踩点，人少时也

在Fox镇中心开出不远，牛群、雪山突现眼前

别去。

从森林里出来，忽然发现天上居然一丝云彩也没有，全是星星。也许是狂暴的西风把云都吹散了。和银河合影的愿望从来没有消停！驱车远离镇中心，远离光线，找一个开阔的地方拥抱满天星河。银河从东面的地平线升起，一直延展到西方，还有南半球才能看到的大小麦哲伦星云。肉眼看到银河是幸运的、幸福的，从不曾想到繁星如此绚烂。那种梦幻般的感觉，再美的辞藻也无法形容！脑海中响起了那熟悉的旋律：星河有一串天际流火……望着迷人的星河，感觉生命那么渺小。所知之外，还有什么？

肉眼看到璀璨的星河是何等的幸运

最终幻想

第二天七点多醒来，天还没亮。借着黎明前的一丝曙光，来到Matheson湖边，静静地守候朝霞的出现。日出前的一刻是那么的宁静和美妙。旅途中，许多精彩的景色或许是在睡梦中错过的，所以看到就是缘分。

今天计划前往Fox以北25公里的Franz Josef 冰川徒步的，到达集合地点后，发现已经滞留了一些没能按时出发的徒步者。原来早上天气多变，雪山上条件不太适合直升机起降，因此延时待定。还要在这么恶劣的天气坚持上冰川吗？无奈每人400多新元出发前24小时内取消需要全额付款。

和西瓜猫在旁边餐馆慢悠悠地用了午餐，回到集合大堂。通知说天气转晴，行程继续。刷卡付款，开始填写一大堆健康问卷。当时我们还不是十分确定西瓜猫是否已经怀孕。思前想后，还是在“是否怀孕”一栏选了“No”。填完后，看着门外依然浓厚的云层，心里有些惆怅。这时候，一位身材健硕的制服男出现在所有徒步者面前，迅雷不及掩耳地讲了一通，大意是“就在几分钟前，山顶的同事回报，山上天气变坏，今天所有直升机和徒步行程取消，大家可以去柜台退款”。大家似乎还云里雾里，我

Matheson湖边，日出前的一刻的宁静

居然迫不及待地去柜台退款。第一次在行程被取消时觉得兴奋，或许这就是天意，上天不愿意宝宝在冰川上冒险。

第二天一早，雨还在下。乌云笼罩大地，恍如隔世。和旅馆经理聊天，听说昨晚的雷击很厉害，所幸没有造成损伤。几个月前的雷击就致使这一带停电。大家都说，暴风雨要来了。虽然惴惴不安，我们还是启程了。一路上风雨很大，过山垭口时，能见度不到五米，风雨把沿路的景点也清除了，我们没有休息，一开到底。真有点*Need for Speed*里森林赛道的感觉。

Hokitika是西海岸的最后一个驻点，算是西海岸较大的一个城镇了，但因为风暴，行人原本就不多的街头更显萧瑟。

午后风浪很大，在山坡上看好像海啸来临一般。百无聊赖，提前熟悉一下看萤火虫的地点吧。Hokitika也有看萤火虫的好去处，在离开镇子的大路旁边一个较大的铁路闸口对面，有一条行人径，不用摸黑走太深入。晚饭后再来，虽然伸手不见五指，但是白天踩过点心里有底。漆黑中，石壁上布满了星星点点的萤火虫，如梦境一般。

次日早晨，风雨更大了，一大团雨云覆盖在南岛上方。Hokitika向南通往Wanaka的6号公路依然封闭，原计划向东返回基督城的73号公路也因落石被阻断。无奈，我们只能向北绕道7号公路去基督城。原本280多公里的路程变成了400公里山路。雨云是从西太平洋吹过来的，也是自西向东移动，我们一路与雨云竞赛，无数次以为到达雨云的边缘，却又被无

不能上冰川徒步，就到最接近冰川的观景台看一看吧

Hokitika旅馆出来不远，漆黑中，石壁上布满了星星点点的萤火虫，如梦境一般

情地追上一阵狂淋。西瓜猫状态不佳，全程昏昏欲睡。山里没有信号，连电台都收不到，孤独的我只有听着窗外的雨声与时间赛跑。终于只剩下八十公里了，居然看到乌云边际的蓝天！

进入基督城，果然一派风和日丽的景象。入住旅馆的小哥是广东人，热情介绍着城内哪里的广式茶楼比较正宗，这是西瓜猫现在最需要的。晚餐后，原本打算在城里散散步，买些水果，结果走了大半个城区，一片死寂，才晚上7点啊？原来几年前一场地震将这里的一切都摧毁了，现在重建工作仍在继续，市区内大部分的人都搬了出去。

出门第17天，也是我们新西兰之旅的最后一天。我们驱车来到基督城东部80公里处的农场和羊驼玩游戏。农场在海湾的一处山腰上，风景独好，有很多同胞慕名而来，有热心驴友甚至帮它开了微博http://shamarra-alpacas.co.nz。主人Robin女士也知道为何羊驼在中国受欢迎，反倒是我觉得有些不好意思。羊驼的毛发比绵羊柔软许多，天然就有多种颜色，无须漂染。羊驼原产地是秘鲁，三四十年前引进新西兰。现在新西兰的羊驼毛主要出口欧洲。之前有说羊驼不高兴会吐口水，而且很臭，我们倒没遇到。羊驼好奇心很重，看到我们就一群慢慢围拢过来，发现没吃的就散伙了。

中午时分，回到基督城，午餐后直接把车开到机场门店归还。天色暗了下来，基督城也开始下雨了。突发情况见多了，也许有些杯弓蛇影。直到登上飞机的那一刻，心里才踏实下来。当晚，基督城和皇后镇都下起了雪。

飞机冲破云层，终于又看到了太阳。南岛的晚霞仍旧迷人。

这是一次充满魔幻色彩的神奇旅行，回国后才知道，原来跳伞的那一天，西瓜猫已经怀孕一个月了！

在山的那边，海的那边，有一群羊驼

第八章

诗巴丹，潜水者的天堂

诗巴丹或许是世界上潜水最美的地方。如果你只想享受阳光与海滩，那就没必要大费周章来这里，这里是潜水者的天堂。

第一次在诗巴丹

诗巴丹是马来西亚沙巴州东南面苏拉威斯海上的一个小岛。从中国没有直达航班，要先飞到沙巴的首府亚庇，再从亚庇转机飞五十分钟到沙巴州东南部的斗湖（Tawau），然后从斗湖坐一个半小时车到港口小镇仙本那（Semporna），从仙本那再坐一个半小时快艇才能到达诗巴丹。

我们这次旅程提早几个月就预订付款了，当时为了确保有机位，就买了AirAsia从深圳始飞的五折联程机票。如果假期灵活，可以等亚航的特价机票，最便宜的时候可以只付税，机票免费。

当地政府出于保护自然环境，好多年前就将所有酒店都清理出岛，目前岛上仅驻扎着少量军人，任何人都不能在岛上住宿，到这里潜水是要申请许可的，所以一定要找一家拥有登岛许可名额的潜店。我们这次是在一个叫Seaventures Dive Rig的潜水基地，有潜水课程，离仙本那和诗巴丹都是四十五分钟船程，它曾是海上一个废弃的钻井平台，还可以住宿。因为它的老板是原来沙巴州州长，所以在那里只要住两晚就可以保证拿到一天诗巴丹的潜水许可。

Seaventures Dive Rig平台离海面大概十多米，一个简易的升降机就是上下平台的通道，无论去潜水还是出外，都要通过这个升降机。它还可以直接降到水平面以下。

平台上分两部分，一边是潜水装备区；另一边是自助餐和休息区，这里提供全天候免费吃喝，供潜水者及时补充能量。平台有四层，二到四楼是房间，四楼还有一个面向西方的甲板大露台，可以在那里晒太阳、看漫天星，看日落、看晚霞。这里海风拂面，早晚需要穿长袖。房间舒适度一般，就像船舱。

这次假期是专门来学潜水的，我们参加的是PADI的课程和认证。PADI全称为Professional Association of Diving Instructor（专业潜水教练协会），是一个全球性的潜水认证组织。其认证级别分为Open Water Diver（OW，开放水域潜水员）、Advanced Open Water Diver（AOW）、Dive Master、Dive Instructor等。我们考的是最初级、最普遍的Open Water Diver，考过了就可以到世界各地自主潜水了。

为了更经济实惠，在学习课程的三天里，我们早上去平台上课，晚上住在不远处马布岛120人民币一个床位的廉价旅馆。Open Water Diver课程包括理论课、平静水域练习和开放水域练习，理论课主要就是看书、看VCD、做题、测验、考试，都不难只是重复强调一些基本技巧和重要事项，如潜水的大忌就是在水底迅速浮上水面，因为在十米的深度你吸一口气等于在水面吸两口的密度，如果这时你迅速升上水面，肺部就会膨胀两倍，会产生严重的伤害甚至爆肺。考潜水执照有点像考驾照，75分及格。

平静水域练习按道理应该在游泳池里进行，包括不穿救生衣和呼吸管在水面漂浮十分钟，游泳两百米或不穿救生衣浮潜三百米及呼吸器掉了等一些水底应急技能。但我们的平静水域练习是在小岛外围浅蓝色的水域进行的，水深大概6米，波浪很小。开放水域练习就是到七八米深的海里面不断重复在平静水域练习的所有技巧。自己检查装备和换气瓶也是必要的项目。

基地总共3个教练，资格最老的是一个马来西亚土生华人，我们都管他叫师傅；另一个是中国人，深圳磨房论坛的红人，叫追浪；还有个讲英语的男人。我们很幸运，师傅和追浪教我们。

第一天自我感觉良好，各项动作都完成得不错。第二天早上吃完早餐开船出海又有大浪，潜到水底一直想吐，完成练习浮上水面后，漂着就吐了。当天还吐了两次，特郁闷，想打退堂鼓。一众教练和助教鼓舞一番，我硬着头皮，豁出去了，反而效果更好，我居然可以漂在海面上自由呼吸！就这样，我顺利地完成了所有项目的训练，追浪带着我和西瓜猫在水底正式地潜水游览，上水后她宣布我们毕业了！

拿到临时执照（正式执照要等美国总部三个月内寄过来）第二天就获许可去诗巴丹了。我们一人吃了一颗晕船药，出发的时候风和日丽，船驶到大海中央时，乌云压顶，海风霎时凉了。已经能看见诗巴丹远远地漂在海面上时，天也开始下起雨来。

靠岸签名后，我们就登岛了。诗巴丹的海滩很陡峭，离岸大概十几米处就是200多米深的悬崖，所以要控制好浮力，不要下得太深。正是这样的水下地形，造就了与别处"涮火锅"不同的壮观、冲击、震撼体验。在水深大概6米左右的地方，由于光线穿透，海底的颜色比较绚丽。再往深处，大部分东西都是蓝色，大家之所以看到照片上五彩缤纷，是因为摄影师用射灯还原了事物本身的色彩。我们看到了很多大海龟、白鳍鲨、一米多长的巨型石斑、活生生的大龙虾、无数的尼莫（小丑鱼）、美丽的海葵和珊瑚。

与鲨鱼狭路相逢，不要主动挑衅即可。潜导之前也告诉我们，这里从来没有发生过鲨鱼伤人事件，因为在它眼里，你也是个大家伙。

那几天我们每天三潜，有时开船出去，有时在平台下面。在水中看到的东西以前都没见过，这激发起我“认鱼”的兴趣。离开平台前的最后一潜，我们还惊喜地看到了一条约三米长的海鳗。

也是最后一潜，我们还做了特别有意义的事——放生鹦鹉螺。无论颜色还是造型，鹦鹉螺都是一件天然的艺术品。它已经存在了四亿五千万年了。它的体内有多个暗仓，潜水艇就是根据它的生理结构设计的。鹦鹉螺生活在三四百米的深海，有时会上升到两

诗巴丹偶遇鲨鱼，白鳍礁鲨

百米左右觅食。鹦鹉螺很珍稀，但大马政府没有立法禁止捕捞，很多渔民就去深海捞它们来卖。这些家伙都是贪吃惹的祸，渔民用鸡肉把它们引上来了，将鹦鹉螺的肉从壳里一把拔出来，与壳分开卖，斗湖机场里就有鹦鹉螺的壳卖。潜水教练带着我们专门去把渔民捞上来的十一个鹦鹉螺买了下来，渔民要价不高，一个才60人民币。我们拿到比较深的海里去放生，教练说它们会自己游回深海处的。我跟西瓜猫认领了三个放生。

潜水时光结束后再过18个小时才能坐飞机，我们原计划最后一天在马布晃悠，看看这个天堂小岛上的贫富差距，看看快乐和有钱没钱有没有直接的关系，再发发呆。追浪和师傅的放风计划，让我们临时加了一程美食之旅——我们要去斗湖住一晚，吃到吃不动为止。在仙本那等车的时候，师傅又请我们喝了桔子冰，上平台前追浪就请我们喝过一次，里面有几颗话梅，酸酸甜甜冰冰凉。后来我发现每个地方的桔子冰都不同。仙本那的没有桔子色，漂着几颗青色桔子核；斗湖的是连皮带核榨汁；亚庇的终于看到了桔子的真面目，这里是对半切。

在斗湖住下，120马币一晚，马上出外觅食。椒盐濑尿虾，十分鲜甜；清蒸象拔蚌，已经好吃得不懂得用语言描述了；鱼皮，好滑，好像从来未吃过如此美味；还有沙巴特产树仔菜，有点嚼头，我喜欢。

师傅有个外号叫坏猫。坏猫有多坏，出来放风的时候总算见识到了。一开始他很认真地警告我们，夜里千万别走到榴莲树下，榴梿会砸死人，还说会有蝙蝠杀人。其实他在吹牛皮。在师傅的带头下，大家给我唱了首生日歌：happy birthday to you，happy birthday to you，you are monkey and donkey，you were birth in the zoo.后来和师傅聊天，知道他从小就是个喜欢玩水的坏小孩，能一直坏到白头不容易啊。

这顿饭五个人连酒水不到200马币，美味又便宜。这里的饭店都很有意思，卖吃和卖喝的是两个老板，在同一个场地里做生意，有钱一起赚，这在斗湖和亚庇的很多店里都见到。晚饭后，肚子里仅有的一丁点空间马上又被榴梿填满了。原来说夜宵要吃烤魔鬼鱼，只好作罢。最后在电视里身着民族服装的主播令人听不懂的语言催眠中结束了这愉快的一天。

潜水真的好好玩，我觉得我们上瘾了，对了，差点忘记告诉大家，潜水员有个规则，就是buddy system，一定要两两结伴同潜，这是为了安全和急救的需要。所以各位去学潜水尽量不要落单。

诗巴丹九天假期里，我和西瓜猫共花费1万4千多人民币。要知道在海南岛潜水十多分钟就要差不多400多人民币啊！我们在这里每天至少三潜，平均每次四十五分钟，还考了执照呢！

GLENN JOSEPH

第九章

在菲律宾 休国庆假期

考取了潜水执照后，我们就总想着一头扎进蔚蓝的大海。抓住国庆假期的空档，早早预订了到菲律宾Anilao去看鱼，看它的碧海银滩，看祖国向南那片海的纯净与无扰。

Dived with the wind

你试过台风的时候坐船吗？或许试过。你试过在台风下潜水吗？我试过。菲律宾是个潜水度假的好地方，追风下水除了技术，更需要运气。风卷残云后的海底不再宁静，为了带你们去瞧瞧，我这次带了水底相机。

抓住国庆假期的空档，早早预订了到菲律宾Anilao去看鱼。通过香港潜游代理订的潜水套餐，钱全额支付了，而且说明不能改退。偏偏出发前遇上了最不想遇到的情况——台风吹袭吕宋岛，而且直指马尼拉。于是，假期开始前我们就每天上中央气象网、菲律宾气象网等及时跟踪台风“芭玛”的动态，简直就像专题记者一样。而且还隔三差五地打长途咨询香港潜店、菲律宾旅馆、香港机场，反正能问的都问了。但大家都不是神仙，不能确定届时飞机能否起飞，更不能预测即使到了菲律宾是否能下水。天啊！台风摧残着我的钞票，洪水蹂躏着我的假期。

这个就是号称“史上最能折腾的台风”——“芭玛”，足足在菲律宾来回登陆了四次，好像不把吕宋岛吹烂绝不罢休一样。

怀着惴惴的心情，来到香港机场，飞机居然可以正点起飞，喜出望外！菲律宾航空毕竟不是廉航，宽敞的座位，饮食也不错。差不多两个小时后，飞机来到了马尼拉。降落的过程中风非常大，整架飞机不停左右摇晃，贴地前的一瞬间还在明显晃动，真的是惊出了一身冷汗。看来人的确需要有些信仰来抚慰心灵。

从飞机上俯瞰，马尼拉近郊有些地方洪水还没退去，整个城市也相对落后。出了机场，乘坐旅馆派来接机的车直奔Anilao。菲律宾有数十种方言，官方语言是某一种菲律宾语，英语作为第二语言，大部分菲律宾人都懂，因此在这里沟通不成问题。菲律宾比起马来西亚差很多，路上都是随意穿行的人和车。

路上经常会看到一种像加长吉普的车Jeepny，外壳都是手工做的铁皮，装饰得很漂亮，像玩具一样。这里基本没有巴士，jeepny就是最主要的交通工具。这些车都是私

客栈派Jeepny送我们到海边去潜水

人运营的，线路固定，由政府发牌外包。

在繁忙时段，如果挤不进车厢，可以免费爬上车顶或拉着车尾。在Anilao我就试着疯狂了一把，坐在车顶走山路，好刺激，像骑马一样，不过一定要抓紧，而且要小心沿途的树枝，它们可能会留下你的脑袋。

大概两个半小时车程后，我们到达了位于吕宋岛南部、马尼拉以南约一百五十公里的Anilao。菲律宾有很多韩国人，我们这次住的海边旅店就是韩国人开的，经理和潜水教练都是韩国人，装修、摆设和膳食也充满韩国风味。旅店对面的海底是个不错的潜点，可惜这次风高浪急，没有机会一探究竟。

门廊正对着海边

韩国人真有趣，书柜里的书虽然外皮写着汉字，里面却全是韩文。三餐必有泡菜，每次三四种，花样不重。

台风天，整个镇上可能只有我们四个人。我们只能每天坐着jeepny去内海湾的潜点，随车把装备和午餐一起运过去就地驻扎。雨一直下，风浪越来越大，有些地方山泥倾泻。坐螃蟹船出海，还没下水就已经颠簸得够呛，潜完从水里上船一个浪就会把你和船分开老远，想吐却只得拼命游回来。

这次专门买了台相机和专用潜水外壳，本来想下水拍鱼的。但下水后发现水流不是一般的大，且很多鱼都不知道被台风刮到哪去了。潜入十米以下，水流稳定了许多。水底能见度好的时候不过二十米，差的时候大概十米。如果1月份来的话，能见度可达六十米呢。珊瑚和水草被摧毁得一塌糊涂，基本没看到什么大东西，小东西反而见着不少，正好练习水底微距摄影技术。

水下遇见一种一根手指大小的半透明的鱼，头旁边有两只类似脚的东西，在岸边会跳的，我们叫它“跳跳鱼”。我好不容易逮到一条海蛇，潜导却告诉我它的毒性是眼镜蛇的十倍，我追着它拍了几张。泡泡鱼，也就是河豚，被攻击的时候会把自己鼓成一个球。还有一种软体动物，俗称海兔，因为有两个触角像耳朵，有很多种颜色和形状。有海葵的地方往往就能找到小丑鱼，清洁虾在帮尼莫洗澡呢。狮子鱼的鱼鳍很漂亮，但有很强毒性，千万别碰它。我发现了一只好大的七彩龙虾，原来没蒸熟是这个样子。差点漏了一个丑陋的家伙，它叫魔鬼蝎子鱼（Devil Scorpionfish），非常毒，而且经常把自己搞一身泥，看上去就像块石头，不小心摸到的话随时要你命。上次在马布岛学潜水的时候就差点一手按在这个家伙身上，幸亏教练一把抓住了我的手。

最后一潜由于浪太大，改为了岸潜——从沙滩直接入水。包着头巾的潜店帮工像海盗一样把我们扔下水，然后逃离现场。水下的能见度很低，稍一走神就前后不见人了，只听见潜导的叮叮棒叮叮声响不断。这天水下只有我们这一团，很快就和潜导团聚了。没多久，我们来到一个温暖的冒着很多可爱泡泡的地方。这里水底某处有一座火山，所以有海底温泉，泡泡都是硫黄味的。从水底抬头望向水面，一边吐气，一边拍照，多有冲击力，像汽水广告一样。这一潜水的流非常大，我使尽力气也无法前进，一心急，随手想抓住海草，结果那是毒珊瑚，手上马上有烧灼的剧痛。

整个假期我们所在的海域一直在台风的六七级风区里，错过了一些很好玩的潜点，虽说有遗憾，却也有挺有趣，知足了。

与鱼群相遇，打个招呼

不经历风雨，怎么见彩虹
——菲律宾科隆原生态假期

10月，酷暑消退，终于盼到假期再去日夜魂牵梦萦的那片碧蓝。中国式的节假日大迁徙是可怕的，碧海银滩居然可以被人群淹没看不到一粒沙子。这一次我们依旧选择外逃，菲律宾这个不起眼的邻邦，这个令很多国人嗤之以鼻的国度，却是我们心中的天堂。政治有理，生活无罪，我也只谈风月罢了。

菲律宾我已经去过三次了，这次去的地方叫Coron，中文译作科伦或科隆，位于菲律宾西部省份巴拉望，最引人入胜的就是这里独特的潟湖（lagoon）。

飞菲律宾科隆，宿务太平洋航空是首选。广州和香港都有航班，先飞两个小时到马尼拉，再转机飞一小时就到科隆机场。科隆是由一系列的岛屿组成的小镇。来这里，跳岛和潜水是玩乐重点。

这次又积攒了些新经验，出门在外不要过于依赖信用卡，一定要备一些外币现金，最好是美金，在国内容易换到。因为怎么也没想到，马尼拉机场所有ATM机居然同时罢工，差点连机场税都凑不齐。

科隆机场很小，机场外停满了接机的车辆，普通面包车可以

船停在水边，我们自己爬过崎岖的山路到潟湖游泳。如果有阳光，就可以看到『悬浮船』的奇景

一块石头是如何预报天气的

送到镇上的任何酒店，150比索/人。

Seadive Resort是此地的网红住所，但西瓜猫觉得人太多太嘈杂，选了另一家叫Amphibi-ko的旅舍。Amphibi-ko与Seadive Resort在同一条街上，却清净很多，店里也有潜水服务。我们订了二楼面海的空调大床房，名曰“Over looking room”，1500比索/天，订了五天。

八天时间，在科隆这个小地方却不会闷。因为是台风天，阳光可遇不可求，我们安排活动也要望天打卦，天气好的日子安排跳岛，欣赏潟湖美景；下雨天就去潜水。

第一天有阳光，我们去跳岛，坐船穿行于各个岛屿一千多比索，包两人午餐。这里的海岛地貌有点像黄山，拔地而起非常险峻。沙滩比较少，沿岸附近都是珊瑚礁，清澈浅绿。在阳光灿烂风平浪静的日子，这里就是独木舟悬浮照的出片胜地。

科隆周围海域每个岛上都有被群山间隔开的潟湖，湖水清澈，就像在九寨沟看到的一般，这些潟湖底部大多和海水贯通，水底能清晰地看到分隔层。潟湖内既可以游泳，又可以潜水，但想要到潟湖畅游，首先要爬过崎岖的山路。

我们在潟湖畅游的时候，船家已在船尾生火做饭。中午时分，我们找了片沙滩享用午餐。食物品种不多，两条烤鱼，一些烤猪肉，若干水果白饭。鱼很新鲜，烤得很香。

后面几天天气变化很快，阳光缺席了。第二天去拥有这一带最美白沙滩的Malcapuya岛。小破船顶着五六级的大风浪，足足颠簸了两个小时才到达，整个人就像从水里捞上来一样，湿透了。因为台风，岛上只有寥寥几个游人。出发前随口抱怨了一句第一天出海午餐品种太少，想吃虾和蟹，没想到船家真的为我们提供了，还没有加收费用。

在科隆潜水主要是看沉船，水底的生物不算多。看沉船需要好天气和能见度，可恶的台风天里下水一片迷蒙，像寻宝一样。我不争气，面镜老是进水，第一潜下去就觉得不舒服，晕得厉害。为了避免把自己吃进肚子的美食贡献给小鱼，我决定在船上晃悠。西瓜猫却是龙精虎猛，一潜到底。其实吹着风，在船上比在水里更冷！

回到镇上，下午时分可以去做个按摩，60分钟300比索。还可以坐Tutu去附近泡海水温泉。

傍晚到镇上的山顶俯瞰科隆，山顶上有一个大型十字架，周末晚上才会亮灯，因为用电紧张。

镇上就餐的选择非常多，有不同风味的餐馆，还有一个很大的市场和水果摊。虽然菲律宾人已经学精了，但仍然很实在，基本不用担心被宰。有家吃披萨的餐馆，欧洲人开的，味道正点。

在海上划独木舟真不是件容易事，非常棒的体验

镇上龙虾很便宜，不过很难吃到，因为捕获要靠运气。

原生态的Sangat Island在科隆岛西面，岛挺大的，但只有一片比较大的沙滩，Resort就建在这片沙滩上，我们准备在这里住两天。和岛主聊天，得知他是英国人，曾经参与电影制片工作，1986年的时候曾造访广州。来这里后非常喜欢就买下了这个岛，建度假村，和老婆女儿一起在岛上过着世外桃源般的生活，再也没有离开过。哇，这是我梦想的生活啊！

岛上疏疏落落有十几栋房屋，私密性非常好。白天没有电力供应，晚上也只能开电灯和风扇，电话、电视、热水器、空调……但这里有独木舟，可以租一条到海上去冒险。岛的某处有免费的秘密的温泉，只要你找得到。还有很美的珊瑚花园，是浮潜看鱼绝佳之地。如果天气好，还可以请个向导去深山里徒步，负离子和蚊子都超多的。

在海上划独木舟真不是容易事，尤其是逆风逆流的时候。而且，强烈的紫外线就算是阴天也能让你掉层皮。下起雨来也挺冷的，这时候就跳到海里去看鱼，水里可比船上暖和多了。

岛上的秘密温泉在一片离度假村几公里的红树林深处，没有公共交通，得自己划独木舟，而且很难找。红树林中有一条隐秘的水道，入口有点像一个洞口，从那里进去就可以找到温泉。温泉水质很

飞机起飞后，恋恋不舍地回望科隆岛，居然看到彩虹

好，很暖和，还有小跳跳鱼陪你一起。

在岛上还认识了一位高大的挪威美女，她和她的同伴驾着一艘帆船，从挪威来到菲律宾，还准备去南极。这几天滞留科隆，因为她们一开始不知道这里水深，下锚的时候，锚顺着石头缝一路跌至水下80米左右，于是只能停下几天慢慢找锚。他们的船停在岸边，上岛吃晚饭，晚上回船上睡。我和西瓜猫晚上散步的时候，看着他们在海上摇摇晃晃的船，日落时他们的船也成了一景。

客房门前经常有野生猴子出没，这不，又来一只避雨的。不过它们很守规矩，大概是人们都不会去主动喂养它们，所以他们没有向人类索取食物的习惯。

假期没有灯红酒绿，彻底放空了自己。最后一天的中午时分坐船去机场，才终于迎来了阳光。飞机起飞后，我恋恋不舍地回望科隆岛，居然看到了彩虹。

带你去看祖国向南那片海

人所共知的旅游圣地一定很美，但最美丽的，通常都不为人熟知。虽然中国南海是个好地方，物产丰富，水质优良，但苦于没有配套的海洋旅游服务。毗邻九段线的东南亚国家则很好地补充了这方面的缺失，充分开发了旅游资源。

朋友们问我为什么老是去菲律宾，这是因为菲律宾的海洋旅游资源相当丰富，自然生态没有被过度破坏。而且去Anilao潜水时碰上台风，心有不甘，一直想要好好补偿自己。

Balicasag Island，地处薄荷省最南端，是浮浅和潜水胜地。小岛方圆两三公里，岛的西面是一个由菲律宾国家旅游局经营的Resort，也是岛上唯一的酒店。其余地方是岛上居民居住的村落。

从广州坐宿雾太平洋航空飞往马尼拉，凌晨1点到达。我们选择在机场“露营”。机场很干净，这里的旅客似乎对在机场睡觉习以为常，我也入乡随俗。第二天一早8：30飞Tagbilaran（薄荷省首府）。Resort派车送到码头，车程三十分钟，然后坐约四十五分钟的螃蟹船到岛上。

酒店对出的海面是一个浅滩，适合浮潜。环岛有几个潜点，下去都是峭壁，有较弱的水流，如果顺流的话就可以像乘坐观光电梯一样，不花力气慢慢欣赏海底的美景。这次终于拍到了我梦寐以求的“杰克风暴”，几千条Jackfish组成鱼群，步调一致地行动，非常壮观。遮天蔽日的Jackfish围绕在身旁，有点可怕。“风暴眼”大概在二三十米深处，我不敢追下去，远远拍了一张。这里的海龟都有“保镖”，每只海龟身旁都有两三条清洁鱼，常伴左右。记得《阿凡达》里一碰就缩回去的那种大植物吗？其原型是海底圣诞树，卡梅隆受自然启发而创造了电影中的生物。

水下很漂亮，岸上也很宜人。Resort的客房独门独户，外面就是海滩。气候非常舒服，风很凉爽，睡觉也基本不用空调。酒店提供海边按摩服务，约40人民币一个小时，超正点！使用可可、芒果、香蕉混合精油，连自己都想咬自己一口。旁边的村子养了一些家禽，一派田园风光。岛上民风淳朴，人们很友善，小朋友也不会伸手问你要东西。信仰基督教的国家，小学里都贴着“十诫”。逛村子的时候突然下雨，我们没带伞，一个年轻人让我去他家里避雨。他家门口是个小院子，有瓦遮头，还给我一张矮凳坐。他八岁的妹妹抱着她的宠物鸡跟我们聊天。雨停后，小妹妹还主动带我们到处走走，看看他们的教堂、学校，碰到村里的熟人还介绍给我们认识。路上遇到了她的一群小伙伴，这些小孩的父亲都外出到Tagbilaran工作，不一定每天回到岛上，其中一个

海豚专挑船扎堆的地方冒出来，好像那就是它们的舞台

女孩的爸爸是每天回来的，她就天天傍晚在岸边等爸爸的船。

我们早上5点多起床看海豚，加两个船夫，四个人，一早坐上螃蟹船出发。这时天色还没亮。看海豚的地方开船过去要一个小时。但开出去没多远，船夫竟然看见了几条海豚，它们一下就不见了，船原地绕了一会，没有发现动静，继续往前开。6点左右，天空变了颜色。到了海豚出没的海域，两个船夫就一人看一个方向，我们也忙着眼光四扫。这时候海面上的船也多了起来，大家都集中到一起了。突然船夫大叫，我们顺手势望过去，一群海豚呈波浪形一只接一只跃出水面，大概跳那么两三回，大概十来秒就又不见了。我

躲雨躲到村民家，认识了这两个热情的娃，带着我们到处逛

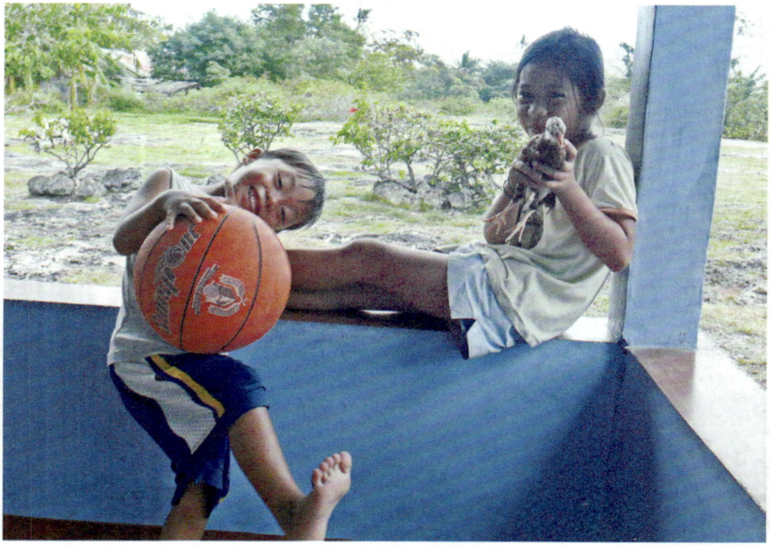

们原来担心发动机的声音会吓到海豚，但后来发现，它们专挑船扎堆的地方冒出来，而且肯定是几条船围着的中心，好像那就是它们的舞台。渐渐地，我们觉得有点被海豚耍的意思，它们排好队伍，躲在水底下，谁也看不见它们在哪里，然后突然又在船的侧方或者后方冒出来，等人们欢呼的时候，它们又消失了。海豚宣布晨练结束，我们也打道回府。整个花费不到300人民币，如果人多更划算。

Virgin Island，那里有一个月牙形的美丽沙滩，在退潮时才会露出海面。据说这个岛一天只有两个小时露出水面，而且潮汐每天不同，说不准会是什么时间。据说我们到的那天最低水位在下午4点。日落前租船出发，船开了近半小时，终于远远看到Virgin Island了，船夫却开向另一个方向，原来是直走中间太浅，要绕一个大圈，从另一边过去。这么一绕就很远了，再接近小岛时，水变得很浅，船停了马达，用竹竿撑过去，最后干脆两个船夫跳下船，一个推，一个拉，总算上岸了。这时候水位低到已经不像海了，倒像一个很浅的湖或沼泽地，完全没有了想象中那种碧绿的颜色，应该在水位不高不低的时候来。话说回来，这个月形沙滩还是很美的。由于来得晚，已经没有别的船只过来，我们独享了整个岛。在这里看日落的浪漫想法很快破灭了，我们必须趁天黑前离开这里，避免船只搁浅在浅滩。

一日三餐都在Resort的餐厅解决，一道菜约三四十人民币，出品尚可。矿泉水一支约4人民币，房间有淡水可淋浴。

Balicasag Island Dive Resort有一系列的套餐可选，全价32200比索，约人民币4500元，包括机场接送、住宿、早餐、八次潜水（包括船、气瓶及潜导服务），潜水脚蹼、面镜、潜水服等装备要另外租。如果浮潜估计每天100元可以搞定。

Royal Conve
Kedewatan

第十章

小巴厘，大不同，
到人间天堂度假去

这年初夏，带上还不到一岁半的儿子，一起飞往了印尼巴厘岛。十天的假期，天堂般的享受，却没花多少钱。巴厘在我印象中一直以来只是东南亚小国家一个很小的岛屿，几片沙滩，很多珊瑚，水清沙幼，仅此而已。但，这真的只是错觉。

行前准备

巴厘岛位于赤道以南，而且并不算小，面积相当于海南岛的1/6，是一个火山岛，东部有岛内最高的火山，海拔超过3142米。巴厘岛有三流的海底、二流的海滩、一流的度假村。

关于飞行：巴厘和中国没有时差。南航往返广州—巴厘每天只有一对航班，广州19：00出发，0：00到达巴厘；巴厘凌晨1：00回程，6：00到达广州。虽然算是红眼航班，但玩乐时间更充裕，而且碰上儿子的睡眠时间，省心省力。

很多朋友都说，小孩这么小，带出去不是折腾自己吗？其实，小孩子两周岁前出行还有很多好处。比如过边检和登机的时候可以走优先通道；机票一折，几乎可以忽略不计；冲别人卖个萌、送个飞吻什么的，说不定还有意外收获。

巴厘岛全年温度基本都一个样，白天大概28—35℃，晚上凉快些，24—28℃左右。每年10月至来年3月是雨季，其余时间都是旱季。旱季相对阳光充裕，也是旅游旺季。这次出行赶在中考高考之前，国内暑假大部队尚未动身，所以也算是旺季里偷了个闲。

出入境：从2015年开始，中国公民通过巴厘岛机场入境印尼不需要签证，落地签也不需要。凭有效护照及机票，中国边检即放行，巴厘岛边检盖章后即可入境，无需任何费用。一出一入，巴厘岛的边检都表现出良好的素质，去过了这么多地方，我的体会是，既然咱们是光明正大地来，那就没有必要战战兢兢，听得懂就跟他好好地讲，听不懂就礼貌地微笑示意不明白，不会有什么大问题的。万一真的遇到一些不合理的要求，比如索贿，不要给！Sorry, no!

岛内出行：原本以为十天待在一个岛上会无聊，实际上十天才玩了全岛的四分之一。不过这次是度假，所以都是围绕着据点以休闲舒适为主，没有紧密的行程。从挨近机场的库塔开始了解巴厘，再往东部到旅行团罕至的图兰奔享受阳光海水，之后折返中部山区乌布沉浸于田园风光，最后回库塔坐飞机。转场的交通都是通过酒

Alam Shanti酒店的早餐，就设在房间门口，爷俩不要太享受哦

店安排包车完成的，在预订房间的时候就可以提出需求，有些房间是包含免费接送服务的，即使不包括，他们也会给你安排妥当，并且提前将价格告知，征得你同意后才确定，现场支付费用。费用都不高，从库塔到图兰奔约三个小时的路程（其实只有一百多公里，山路窄车多而已），包一辆五座商务车约300元。

圣泉寺，男士要穿纱笼

库塔，奔放的热带小镇

库塔是从空路进入巴厘岛的必经之地。一个繁华的东南亚风情小镇大抵如此：拥堵的交通，狭窄的道路，飞驰的摩托车，各国的游人。

第一站住在库塔海滩附近的Yulia Beach Inn，离机场二十分钟车程，免费接机。那晚航班延误，取完行李都已经凌晨2点了，被接机口的牌子吓傻了。密密麻麻都是接机的名牌，大大小小好几十个，我像检阅部队一样，在接机的人群前慢慢地来回走了两

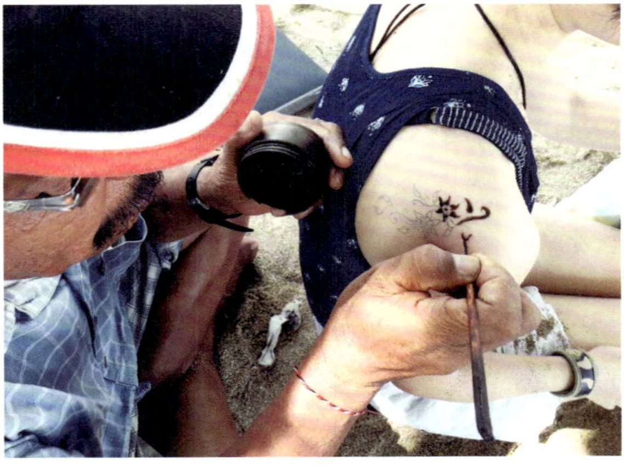

库塔沙滩上，尝试一下彩绘纹身

次，才找到了自己的名字。好家伙，是个帅小伙，专业，敬业。但身上没有零钱，只能第二天再补给小费。

酒店房间大，干净卫生，出门左转就是海滩。但蚊子多，要涂酒店提供的防蚊霜，也可以要求他们用喷雾处理房间。酒店兑换的汇率比较差，满大街的兑换店随便选。似乎用美金换印尼盾比直接用银联卡取款划算，银联手续费太高，不同银行可能不一样，最好出行前问清楚发卡行提款费率。

酒店出门步行十五分钟，可以到达一家名叫Poppies的餐厅，环境和出品都非常不错，推荐海鲜篮大餐。

出发之前研究过当地手机运营商的网站，选了个最划算的套餐。路边的上网卡都是100元/2Gb流量三十天有效，我自己打的去IM3营业厅，指定要IM3 Basic Package，20元/2Gb流量三十天有效。

库塔郊外，父子俩看大海，海风好大

Amed，东岸的隐居胜地

包车从库塔来到了Amed，路程其实不远，但路很窄，双向两车道，山路多弯，偶尔还堵车，所以走了三个多小时。Amed位于巴厘岛东北部，几乎没有旅行团来这里，所见的都是欧美的“自游人”。酒店在海边的山崖上，没有沙滩，但可以租摩托前往附近的

通往库塔海边的大门，满满的热带风情

海滩。这里最大的卖点是清静，人非常少，大海也一改南部沿岸的狂暴，风平浪静。四个房间共享一个悬崖无边泳池，白天的时候其他人好像都喜欢往外跑，所以几乎可以独占这个地方。

旅途中，总有意想不到的惊喜。当天晚上，十七个月的少爷和我都发烧了，38摄氏度多一点。少爷精神不错，估计是长牙了，半夜吃了一次退烧药，第二天就痊愈了。我呢，洗个热水澡，晚上吃完饭，吃颗百服宁，20：00就上床睡觉，一觉睡到天亮，也好了。还赶上看海上日出，太厉害了。

出门在外，一定要备些常用的药物，还有耳温计。注意卫生、注意饮食、小心蚊虫。大人问题估计不大，小孩子就要照顾得周全一点，也不用过于紧张，做好该做的防护和监控，不会有什么特别的问题。世界各地都有医生，只要不是太落后或荒无人烟的地方。

图蓝本的著名潜点，海底佛像

图兰奔，火山脚下的秘密花园

秘密花园Villa Alba是关于一个北京遇上苏格兰的爱情故事。一位原本在深圳生活的北京女士遇上了苏格兰大叔Alex，然后就来到巴厘岛开了个潜店。店里一拨一拨学习潜水的人，比起Amed热闹很多。秘密花园其实就在阿贡火山脚下，沿岸都是火山石，没有沙滩。当我问及火山的名字时，很多当地人都不明所以。有

秘密花园的海边泳池，怕水的儿子也偷偷把小肉腿伸进了泳池

秘密花园里，儿子不亦乐乎

些英文好一点的当地人提醒我，不要叫它火山，它的名字是Mount Agung。原来避讳啊！这座是活火山，最近一次爆发在1963年，很惨烈。所以当地人希望它一直沉睡，不要被惊醒。

有了少爷之后，很多活动就不能那么自由了，比如潜水，比如SPA，都要和西瓜猫轮流进行。这附近的几个潜点，大东西没有，小东西不少，能见度一般，反正就是该有的都有，很惊艳的没有。SPA20美金60分钟，十分舒服。

晚上如果天空晴朗，到楼顶还可以看到银河。

在秘密花园住了四天，天天对着大海发呆，感觉时间就这样凝固了。

乌布，田园山野的神仙生活

也不知怎么搞的，一进入乌布地界就开始乌云密布，明明是旱季嘛。滂沱大雨倾盆而下，感觉山里要发洪水了。途径圣泉寺（Pura Tirta Empul），这是一个比较出名的印度教寺庙，很多信众和游人都会在圣水中沐浴，祈求安康。原本想着下暴雨就算了，司机说祈祷一下。没想到车一停定，雨变小了，车门一开，雨全停了。神迹。

乌布是一个比较大的城镇，有点情调，所以游客也比较多。但是，再热闹的地方，我们都可以找到闹中取静的住所。前两晚住在乌布比较知名的Alam集团旗下的别墅酒店Alam Shanti，与闹市区相隔一个圣猴森林，交通便利，安静。酒店里房间不多，都是隐没在田园间的别墅。房间包含早餐和下午茶，可以送上门享用。附近有一家比较知名的餐厅Laka Leke，招牌菜是脏鸭，可以用酒店电话点餐，免费送到上门。推荐亲自到餐厅用膳，稻田景观特别好。

酒店有免费车辆往返乌布市中心区，随叫随到。因为与市区隔了个圣猴森林，所以车辆要绕行一个大圈。天气好的话，步行前往并不远，前提是有地图和能认路。这个圣猴森林，其实就是一座野

圣猴森林，整一个花果山

生猴子的原生态公园，里面树木参天，猴子众多。里面的景致，有点像古墓丽影，很带感。但在进入森林腹地的时候，一只猴子突然跳到我的背上，说句实话，当时吓疯了！我双手提着少爷的推车和相机，无所适从。最怕的是被它抓伤了，那问题可就严重了。这个家伙还居然顺着我的后背爬到我的肩膀上。心一惊，用力一甩，把猴子甩出一米之外。然后竖着食指咆哮：No！！！那一刻，怎么感觉自己是《独立日》中单挑外星人的战士呢？

市区据说好多店都有特色，但带着十七个月的少爷，就只能委屈西瓜猫了。Nuri’s Warung烤猪肋排可以尝尝，味道不错，价格亲民。水宫旁边的Cafe Lotus也可以，出品不错，正对水宫表演场地。

后两天，进入了此行的最高潮，入住Royal Pita Maha酒店，贼贵，但值。这个超大型的别墅度假村，沿着山谷而建，每一户都有私家无边泳池，私密性极好。我们预订了顶配的Royal Deluxe Pool Villa，官网或Booking.com上价格超过3000人民币，在某宝上找了家旅行代理 2500元，还送每天的早餐、下午茶及一次双人SPA和晚餐。150平方米的独栋房间，外加泳池，面积超过300平方米。西瓜猫功课做得好，预订时指定要153号房，地势最高，视野最好。附送的SPA，环境和手法都棒极了。酒店各处精美的石雕，令人感受到什么是巧夺天工。

整座度假村就是一个很大很大的森林公园，旁边还有山谷漂流，玩上几天都玩不完。来的路上，司机跟我介绍，说酒店旁边就是Pialio的office，我表示听不懂，他英文不咋地，很着急，索性双手离开方向盘比划起来，吓得我突然明白了。“Rafting? floating on the river? ”他说是。原来是Piaoliu，漂流啊！天知道他突然在讲中文。估计很多中国人来这里漂流。酒店内有好几个餐厅，景观各不相同，食材也不错。但要吐槽一下，餐厅的服务完全跟不上。我看到很多当地的旅行地陪人员，带着各地的游客来到酒店餐厅，就为享受一下无敌山谷景观的下午茶或午餐。或许是这个缘故，餐厅服务员的效率非常低，有点国营百货售货员的感觉，和其他部分的服务完全不在一个档次。所以，在离店的时候，我在意见反馈表上写了一篇英语高考作文，希望能引起管理层重视。

Royal Pita Maha酒店的天然泳池，很有古墓丽影的感觉

登巴萨，深入巴厘原住民的市井

不知不觉，已经来巴厘岛十天了。天上一天，人间一年。远在家乡的朋友们觉得，我已经刺激他们好久好久了。好吧，回家吧。哦，飞机是半夜1点起飞，还有一个整天呢。于是，我们预订了一个机场附近的民宿落脚。午餐过后，酒店派车送我们前往民宿。一路很顺利，路程也不远，正常一个小时多一点就到了。又回到了库塔附近，感觉很接近目的地了，车子拐进了巷子，接下来各种拥堵。司机有点抓狂了，他用的导航是纯语音的，所以不知道还有多远，于是走走问问。终于，在巷子深处，找到了那家酒店。哦，不对，不是民宿吗？怎么会是一个酒店，还挺大的，很多欧美人。我看了下名字，Champlung Mas Hotel，不对，我要去的是Samblung Mas House。司机反复问我不是Champlung Mas吗？还是Samblung Mas？说真的，他说了三四次，我根本没听出两者的发音有什么区别。我可是书面写了地址给前台的，只怪司机没看只听，搞错了。于是，又一次穿过了拥挤的巷子，来到了Kuta旁边的Denpasar，进入了一片居民区深处。

女房东很友善，招呼我们安顿下来，告知晚上她先生会送我们去机场。少爷在车上睡够了，起床又在院子里玩起来。不知不觉，已经下午4点多。因为身上已经没有印尼盾了，我决定出去踩踩点，看看附近有没有取钱的地方和餐馆。结果，走了很远，一路上都是飞驰的摩托和汽车，感觉在用生命行走，一派国内四五线乡镇郊外的景象。终于找到一家超市，里面有ATM机，这时候，我才发现自己没有带银行卡，也没钱。走回去，却怎么也找不到那家民宿。人肉GPS都会有失灵的时候！这时天下起了雨，来回走了两三趟，终于找到了民宿的门口，到底是它有障眼法还是我傻了，居然三过其门而不入。取了钱包，又出去了，因为外头交通太混乱，自己给老婆孩子打包晚餐吧。又走了很远，来到了超市，取了钱，刚好对面有一个大排档，就在这里解决晚餐吧。走进去，所有人都抬头用异样的眼光望着我，然后又低下头默默吃饭。我问老板拿菜单，他听不懂，全店居然没有人懂英文。后来左比划右比划，终于买了两个炸鸡饭，但店里没有一次性餐具，只能用油纸打包回去，用手抓着吃。回去的路上，我再一次完美地错过了民宿的门口。

吃完饭，洗了澡，看了场欧洲杯。晚上11点，男主人自己开车送我们去了机场。很友善的一家人。在飞机上舒舒服服地睡了一觉，醒来时，机舱外已露出了曙光。广州，我们回家了。

下午下班后，当晚就出发，半夜就到达了巴厘岛。一天端午假期，两个周末合共四天，再请六天年假，十一天的假期，十天在巴厘，最后一天还可以在家休整，安排合理。想玩得尽兴，功课还是要做的，跟着我去旅行吧！

Please donation

第十一章

漫步佛国

清迈有数百座寺庙，数量之众，匪夷所思，我们对此地钟情已久。一部《泰冏》让清迈在国内急速升温，纵然如此，此地依然宁静，难得。

泰·清迈

镜花水月，疑幻似真。

很多航空公司都有飞清迈的航班，直飞或在曼谷转机，反正谁便宜就光顾谁，两个多小时的飞行，无甚差别。别人都以为我和西瓜猫是抢票高手，其实我们基本上没有买过折扣特别低的机票。为了节省机票费用，香港机场是我们最常用的出发地。来回奔波多了，我开始想人均价差1000元内的还是优先选择从白云机场出发。毕竟时间也是金钱。

到了清迈，机场有TrueMove的SIM卡派发。清迈号称“智慧之城”，市区内很多户外的地方都能搜索到TrueMove Free的免费Wi-Fi信号，貌似使用TrueMove的SIM卡发送短信就可获取登录密码，应该不用充值就可以用了。机场门口有电召出租车到市区的柜台，统一价120baht（约24元）。他们会帮你联络出租车，几分钟后就会到机场门口接你，直接送到你的目的地。

清迈的中心是一个边长一英里的正方形古城，里面寺庙众多，很清静。外围则是日益扩展的现代城市，交通较为繁忙。泰国人很有礼貌，因为信仰佛教的缘故，大家问好和道谢的时候经常双手合十。

清迈的古城不像丽江，也不像乌镇、凤凰，就是一座四面城墙已经破落的还有原住民生活的老城，宗教气息浓于商业氛围。时光在流淌，只有佛塔巍然不动。古城内五步一寺，处处金光闪闪。盼道寺虽小，但素雅的色调却显得与众不同。盼道寺旁的柴迪龙寺佛塔在落日余晖照耀下，时常吸引着众人目光。

古城外西北边有一座素贴山，山上的双龙寺是清迈地标，可包车前往。我们在街上拦了一辆双条车，460baht来回，中途你想在什么地方停留他都等你，最后才付钱。司机极力怂恿我们去购买玉器、逛动物园，应该是可以获得回扣的缘故。虽然被谢绝他却不介意，在茫茫人海中让我们下车自由游玩，却不曾担心我们逃掉车费，就这份信任，足以令我佩服。

世间为何有苦难，因为人皆有执念。不执着，就不患失去，也就无所谓苦难了。

酒店选择很多，建议上Booking.com和TripAdvisor看看点评。我们体验了两家，第一家位于古城最中心，周日夜市边上，叫Koko Palm Inn，胜在经济实惠，交通方便，闹中取静。女主人人很好，有求必应而且很喜欢猫，Koko就是其中一只的名字。第二

镜花水月，疑幻似真

夕阳下的古城街头

老城内，时光在流逝，古老的佛塔却巍然不动

家位于古城内西部，叫Baan Boo Loo，是泰北传统兰纳风格的别院，有独栋的木屋，价格稍高，不过地道的风情值得体验。临走前一晚，老板娘还免费为我们准备了天灯祈福。

来泰国，当然要试试正宗的泰式按摩。大街上很多按摩的商铺，其中Lila尤为火爆，因为里面的技师都是女释囚。更重要的是，Lila为女释囚重返社会铺设了一条康庄大道。当然，可以试试SPA，贵一些就相对轻柔一些。我们在网上预订了一家，却发现性价比不高，效果也没有想象中好，只当是一种奢侈的体验吧。

至于吃，清迈到处美食，随便一家店坐下都不会让你失望。在周日夜市的Rachadamnoen路上，靠近警察局旁边有一家叫RachaDamnoen92的店，装修不错，食品很正点，价格公道，人还很少。还有一家叫HuenPhen，声名在外，人超多，这里只做晚市（17：00—22：00）。这家感觉像古董店，环境很不错。

清迈城内有很多旅游代理公司，可以预订骑大象、Jungle Flight、越野摩托等各类活动，会讲中文的店大多都比较贵。我们参加的Jungle Flight，有33个空中平台，包从酒店接送和午餐，全程五六个小时，每人2300baht。全程在树上走，从这个树梢飞到那个树梢，从这个山顶飞到那个山顶。离地挺高的，有三四十

摩利寺佛堂前的老僧人

在车头挂一串鲜花，是双条车司机祈求平安的方式

米。平台之间距离最长的一段有300米。还有垂直速降，像不像飞虎队呢？

如果不敢玩这么刺激的活动，可以参加一个半天的烹饪课程，学习一下传统泰菜单制作方法。记得选择有Local Market Tour的，可以带你到市场去了解下民生在TripAdvisor上查Chiangmai cookery就可以了，选择很多且都提供到酒店免费接送的服务。我们选的是一对年轻夫妇经营的 Thai Orchid Cooking，就在柴迪龙寺附近。

清迈市区内有很多ATM机，都支持银联卡，可以直接取款。

清迈，弹丸之地，其实并不需要真正意义上的攻略。礼礼佛，发发呆，散散步，睡睡觉，就已经足够美满。

第十二章

东渡·梦回唐朝

若问洛阳今何在，不负千里渡东瀛。不去日本的理由有很多。去的只有一个，却足以让我起行——看看中国的过往。日本是我们最熟悉的陌生人，一水相隔，恩怨情仇。彼此的文化都与中华汉唐文明一脉相承。坦白说，日本对中国文明的传承比我们更好。奈良、京都，日本的古代都城，都仿照大唐长安城而建。形态、气息，都让人仿如隔世，穿越古今。

一场穿越千年的相遇

仿大唐长安城而建的奈良，面积虽小，格局分明。市中心是一个边长三公里的区域，市内以低矮民居建筑为主，街道纵横交错，很规整。城市外围有三个生态公园，西面两个，东北部一个。其中以东北部的奈良公园最大。其所在地区被称为“外京”，也就是京郊城外之意。

来奈良，主要就是去奈良公园看鹿。奈良公园没有明显的

东大寺四月堂旁的古钟

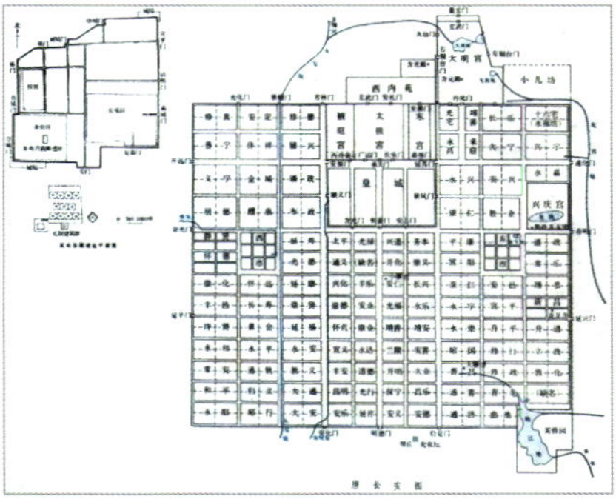

唐朝长安城地图

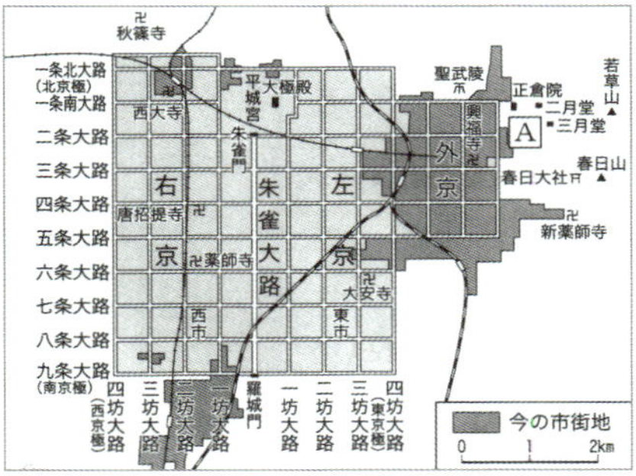

今日奈良城地图

边界，接近市郊东北部的时候，道路两旁和路中央会出现不少放养的梅花鹿。这些鹿有些很腼腆，有些很主动。有指示牌提醒大家，不要过分调戏它们，小心被冲撞、踢踹、撕咬，尤其是那些手上拿着食物的游客。我见过有人被梅花鹿追得落荒而逃。

春日大社、东大寺也位于奈良公园之内。从住处去奈良公园只有一两公里路程，如果天气炎热，可搭乘巴士；如果天清气爽，慢慢散步过去也是个不错的选择。

清晨的春日大社，没什么人，鹿儿却早已三三两两散步了。第一次参观神社，发现这里的神社更像国内的寺庙，信众们都来参拜和祈祷。不同的是，神社内很少看到人形的神像，狐狸、兔

自成一景的水谷茶屋

子等拟人化的神像倒有不少。另外，神社内一般没有香火，信众来到神坛前面，双手拍掌，再摇动神坛前麻绳系着的铃铛祈愿。

奈良公园内有休憩的茶室，恬静，舒适。

春日大社旁的若草山，可俯瞰奈良全景，每年四月樱花季，这里又是一个胜景。在山腰的水谷茶屋，淡淡的中国风。沿着若草山麓向西行，进入了东大寺境内。东大寺主殿在山脚，白天人潮汹涌。山上别院林立，游人少了许多。20个月的少爷来到山清水秀的地方，自然高兴，老父我一路照料，战至筋疲力尽。东大寺的山上山下，每一条路，都走了个遍。若没有体能，休假也不容易。

京都旧时称平安京，从公元794年起一直是日本首都。直至公元1868年东京奠都为止。长期的历史积淀使得京都拥有相当丰富的历史遗迹，也是日本传统文化的重镇之一。

京都立都之时是我国的大唐，其建筑风格仿长安城而建。不得不感叹，京都之于汉唐文明的传承甚于现世的中国。整座城市寺院林立，神社众多，其密度甚至高于伊斯坦布尔的清真寺，令人叹为观止。

寺院，供奉的是佛祖菩萨，庇佑的是逝者往生；神社，供奉的是日本传统的神明，庇护的是芸芸众生世间各事。所以寺院后山一般有墓园，寺内以祭祀和超度为主；神社内则会举办婚礼、各种农耕节令仪式，也会经常看到商人、学生、职员、妇孺前来参拜。各个神社神明不同，有的保佑学习进步，有的保佑生意亨通，有的保佑产子顺利。神社的功能更像国内的寺院；而日本寺院的定位，更像是一个冥想清修之所。每一处寺院，无论大小，必然是布局精妙，修缮优雅。寺院建筑绝大多数是木质结构，访客须在门口脱鞋，方可进入内堂。门廊为木地板，偶有地毯，厅

壮胆摸摸小鹿

二条城，德川家康下令兴建的御殿，江户幕府的权利象征

房铺设草席，可随时席地而坐。寺庙的庭院则郁郁葱葱，树影婆娑，地上青绿的居然不是青草，而是苔藓，这是需要极好的生态才能养护得好的。也有部分寺院，以传统庭院枯山水装点，以不变的元素呈现万变的世界，犹如留白的山水画，充满想象空间，助人开悟。

神社、寺院众多，却不令人厌倦。盛名之下，京都必有值得玩味之院落。

青莲院，知恩院旁的小寺院，冥想的绝佳去处。哲学之道附近的法然院山门，字碑不怒而威。金阁寺，《聪明的一休》里足利义满将军经常出现的那座金碧辉煌的楼宇，就是金阁。二年坂，通往清水寺的核心传统民俗街区，推荐一早一晚前往，避开人潮。

我们选择住在祇园四条的Sunline酒店，紧挨着八坂神社，步行可达清水寺、二年坂、建仁寺、八坂之塔等著名打卡点。可选择清晨及日落时分，避开高峰人潮，又能捕获最美的光线。此外，巴士也可方便直达二条城、哲学之道、东本愿寺、三十三间堂等地。

大原，位于京都市北部山区，乘坐京阪电车到下鸭神社站，换乘睿山铁路至睿山总站，再换乘巴士，全程约一个小时。此地山清水秀，生态极好，温泉众多。三千院、寂光院隐匿其中。山不在高，有仙则名。三千院内，生生不息的感觉油然而生。宝泉院则有造型各异的庭院山水，其建筑背后却是一个骇人听闻的故事：几百年前，两大家族在此厮杀，败方数百名武士剖腹，鲜血浸透地板。这些地板被用作搭建宝泉院的房顶……

从大原返回京都市区的路上，在睿山电车一乘寺站下车，游人极少，金福寺、圆光寺的园林精妙，宜静观。

法然院山门前霸气石碑，不怒而威

糺の森，下鸭神社前的奇幻森林，蚊子超多

南北贯穿京都的河流叫鸭川，河边散步，遇到踩单车的少年

人力车，也是游古都的一种方式

一期一会，京都赏樱特攻

京都，充满汉唐气息的古城，盛开烂漫樱花的国度。犹似杨柳随风舞，却见樱红醉枝头。

朋友经常问我："去过这么多地方，哪里最好玩？"

我说："去过的地方都好玩。"

"哪里值得去？"

"没去过的地方都值得去。"

"那哪里你会还想去呢？"

我想一去再去的地方，除了曼切斯特，就是京都。

我隐约觉得自己前世是个小书童，跟着公子攀过穷山恶水，不远千里赴京赶考。为了赶路，昼夜不分。有一日，夜幕已落，天降暴雨，山路泥泞。跟在公子后面，背着书卷，好不狼狈。雨越下越大，视野模糊，忽然脚下一滑，失去了知觉。也不知过去了多久。再次睁开眼睛时，日月更替，乾坤挪移，不见良田万顷，却有广厦千万。车水马龙，光影迷离。如此繁盛，究竟是长安还是洛阳？都不是，千年转瞬，故土已被发展的浪潮淹没。

第一次到访京都，我仿佛到达了彼生不曾到达的洛阳城，一种迷恋油然而生。我说过，七日，尚看不尽京都的美。春日看樱，夏日看叶，秋日看枫，冬日看雪。四季各有颜色。

一期一会樱如雪，一颦一笑醉倾城。人间最美三月天，错过京都无天堂。

这不，我又来了。

樱花，日本国花。据文献资料考证，两千多年前的秦汉时期，樱花已在中国宫苑内栽培。唐朝时樱花已普遍出现在私家庭院。当时万国来朝，日本朝拜者将樱花带回了日本。樱花满开之日，如雪漫天。但花期只有短短十几天，能遇上确是缘分。

幸好现在互联网时代，有一个京都樱花花期预报的网站，根据历史数据和当年的气候预测，非常准。网址为http://sakura.weathermap.jp/zh-cn.php，我们就是靠它确定行程的。但如果不是时间非常充裕的话，失之交臂也是有可能的。我们去的这年春天比较冷，花期一推再推，订机票时明明预测4月2日满开，到我们出发时满开日已经延迟到了4月10日。幸好天公作美，达到京都后的几天阳光明媚，气温回升，光秃秃的枝桠上开满了花，真是转眼苞蕾皆盛放啊！

赏花，主要看心情。当然，最好有攻略，这样会看得更加尽兴。给各位看官推荐一些京都赏樱名所吧。

【三年坂、京都御所】

亲历樱花季之前，我以为所有的樱花都会在同一时间集中绽放，全世界都是花的海洋。其实不然。即使是樱花，也会因品种、种植环境等因素的不同而花开有先后。

京都每年最早盛放的是垂樱。其中最为人熟知的，是位于三年坂的那株老垂樱，它算是京都樱花界的网红。

而京都御所内，气势浩大的宫墙外，也有一株垂樱，人气没

京都御所垂樱下，幸福得有点梦幻

哲学之道，负重前行——醍醐寺内，背着儿子赏樱

那么旺，但丝毫不减它的妖娆妩媚。垂樱，看着像柳树，却开满了粉嫩的花儿，迎风摇曳。

【醍醐寺】

醍醐寺在京都市南郊，是日本佛教真言宗醍醐派的总寺，被列入世界文化遗产。

乘坐地铁在醍醐站下车步行约15分钟到达。全寺曾因战火被毁。1598年，借丰臣秀吉赏花之际重建。丰臣秀吉鼎盛时期在此举办盛大的“醍醐赏花”会，醍醐寺也因此天下闻名。

区内三座院落，以种植垂樱为主，各个品种兼有。也是花期早段的赏樱胜地。

【平野神社】

平野神社在京都市西北区，是平民聚会、观赏樱花的好去处。

樱花簇拥下，密密麻麻都是烧烤的档口，赏花的人络绎不绝。每当夜幕降临，下了班的人们便约上三两知己、亲朋好友，来到花下，席地而坐，吃着烧烤看着花儿，好不自在。

【岚山电车、蹴上斜铁道】

连接北野白梅町、四条大宫和岚山之间的轻轨，是一趟开往春天的列车。在鸣滝站至宇多野站之间，有一条由樱花树形成的“隧道”，列车穿越其中，似童话场景一般。

可以在起点站购买一张一日通票，这样想哪个站下就哪个站下，全天无限次搭乘，适合赏花拍照。岚山也是个很舒服的地方，天高地广。

蹴上附近有一小段铁路，是旧时琵琶湖疏水系统的一部分。铁道两侧种满了樱花，如果赶上落英缤纷的时候，那真是一场樱花雨啊。

平野神社，夜晚热闹非凡，三两知己坐在树下对斟赏樱，乐事

白川夜樱，花比烟花绚烂

岚山电车的『樱花隧道』

岚山桂川岸边

【哲学之道】

非常有名的赏樱之地。小河川旁的一条石板路，樱花如同云彩一样覆盖在头顶，满开过后，花瓣大面积落下时，就是最最灿烂的樱吹雪了。可惜，今年花期延后，缘悭一面。

【白川、円山公园】

夜间赏樱是一种特色。灯光下，夜樱缤纷，情调气氛和白天截然不同。

京都中心的白川和円山公园就是赏夜樱的绝佳地点。推荐在日落时分，天还透着微蓝的时候去，蓝调时刻，美！

交通攻略

樱花季是旺季，甚至比红叶季还旺，往来日本的航班比平时要贵，所以建议提早开始留意有没有特价优惠。广东的朋友，除了考虑广州出发外，深圳也开通了直飞大阪的航班，也可以考虑从澳门往返的航班，轻轨站直达拱北口岸，从口岸过关到澳门机场非常近。另外，香港快运航空也不时有特价票推出。

抵达大阪关西国际机场后，可凭护照在到2楼JR柜台购买往返京都的高铁Haruka + IC交通卡优惠套票。IC卡可以乘坐绝大部分交通工具。详情可访问http://www.westjr.co.jp/ 了解，还可以在线预约，柜台领取，节约现场办理时间。

关于支付

机场有ATM机，可以直接用银联卡取款。绝大部分地方都可以用银联卡消费。Lawson等便利店可以用支付宝交易呢，支付宝的英文名叫Alipay，记住了。

做了一个梦。天空很蓝，云彩很白，阳光明媚，春风拂面。满目的樱花将人团团包围，仿佛又闻到儿时青草的气息。鸟儿在耳边鸣唱，花儿在风中绽放。用手触摸花瓣，很柔软，像绒毛一样。我真的来过这里吗？美，惊艳得不敢想象。

梦里相逢人不见，若知是梦何须醒。

纵然梦里常幽会，怎比真如见一回。

思ひつつ寝ればや人の见えつらむ梦と知りせば覚めざらましを。

来京都，穿越时空，探寻这个真实的虚幻世界吧。

生和牛刺身

附录 签证锦囊

自本护照签证攻略

个人旅游签证到底有多麻烦呢？跟着我一步一步就能轻松搞定。

首先，记住一个基本原则，申请签证其实就是在做一道证明题，题目是：向签证官证明你此行的目的是旅行，有足够的能力自理，且没有任何逾期居留的意图。这样就明了多了吧。

还有一个重要提示，没有任何一个国家会要求你支付旅行押金或银行冻结存款，这些只是你参加旅行团时，旅行社的自我保护手段而已。所以，不要因为没有足够资金支付押金而对旅程望而却步。

先将目的地国家粗略分成三类：

1. 免签/落地签国家。这类国家基本不用提前准备，拿着护照出行就可以了。所以出行前务必到目的国驻华总领馆网站确认一下其是否属于这一类国家。但里面有个别和中国没有建立外交关系的国家是灰色地带，对方明确给中国公民免签待遇，但中国边检系统查询不到就可能不放行，比如帕劳。据北京市出入境管理中心官方微博信息，帕劳已经纳入免签放行的国家名单了。建议留意权威的免签信息更新。

2. 东南亚需签证国家，这类通常都非常简单，找个旅行社代办就可以了，手续费加该国要求的签证费用，总共两三百左右，且只须要提供护照。建议找个靠谱一点的实体旅行社。

3. 欧美澳新等需签证国家虽然各国要求有所差异，但基本类同。要求必须提供护照、户口本原件及翻译件、任职证明及准假信、经济能力证明、行程单或预订记录、保险单、国际往返机票（可选）。

户口本的翻译件按上面的范本，对照着原件将自己的资料更新上去就可以了，一劳永逸。

任职证明和准假信可以合二为一，就是用英文以任职公司的角色写一份介绍你本人工作职位、年收入水平及本次旅行是利用个人假期进行的私人活动的信函，用公司抬头纸打印。写好了拿回公司去盖个章，找领导或负责人签字就可以了。最好能同时附上加盖公司章的公司营业执照复印件，或者企事业单位的组织机

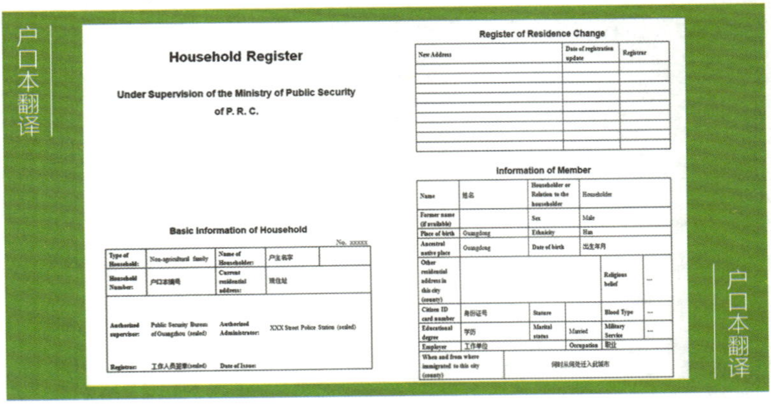

Household Register

Under Supervision of the Ministry of Public Security of P. R. C.

Basic Information of Household

No. xxxxx

Type of Household:	Non-agricultural family	Name of Householder:	户主名字	
Household Number:	户口本编号	Current residential address:	现住址	
Authorized supervisor:	Public Security Bureau of Guangzhou (sealed)	Authorized Administrator:	XXX Street Police Station (sealed)	
Registrar:	工作人员签章(sealed)	Date of Issue:		

Register of Residence Change

New Address	Date of registration update	Registrar

Information of Member

Name	姓名	Householder or Relation to the householder	Householder		
Former name (if available)		Sex	Male		
Place of birth	Guangdong	Ethnicity	Han		
Ancestral native place	Guangdong	Date of birth	出生年月		
Other residential address in this city (county)				Religious belief	---
Citizen ID card number	身份证号	Stature		Blood Type	---
Educational degree	学历	Marital status	Married	Military Service	---
Employer	工作单位		Occupation	职业	
When and from where immigrated to this city (county)	何时从何处迁入此城市				

准假信样本

[日期]

Certification for the visa application

Dear Sir or Madam,

This is to certify that Mr. XXX (passport No.: XXXXXXX) has been working for our company as a Manager since 07/2010 and his current monthly salary is RMB XXXX .

We have approved Mr. XXX's annual vacation goes from 17/03/2017 to 01/04/2017. Mr.XXX will resume his duties with this firm on his return to China on 02/04/2017.

We are confident that Mr. XXX will return to work on time. The purpose of his trip isgoing to spend the vacation on his own expenses. He will not seek any employment or residency in Spain or any Schengen countries and will abide by laws and regulations.

We would be very grateful if you would approve Mr. XXX's application for a visa for visit to your country.

Should you have any questions, please do not hesitate to contact me.

Very truly yours,

By: General Manager

Your Company name here
Address of your company
Tel: 86 020 xxxxxxxx
Email: xxx@xxx.com

构代码表。这些材料的英文翻译，动手能力强的可以自己做，想省心的上淘宝花个百来块钱轻松搞定。

经济能力主要要求财务稳健，每个月有正常收入及正常支出即可。最好提供由银行加盖公章的半年内每个月的信用卡账单以及储蓄账户的资金进出流水。如果有银行存折，直接复印明细即可，联同存折原件一起提交。账户有两三万就足够了，以证明能覆盖此行的费用。有房产、车产等辅助材料的也可以提供，不强求，有的话可以让签证官更加相信你不会有去无回。

欧美澳新国家签证通常要求提供三万欧元以上或等额的意外保险，友邦或安联都有对应产品，或者上穷游网找穷游保险，好像有时会有折扣。

行程单就是本次旅程每天的住宿和交通计划，建议做细点，反正真要出行的话一定需要的，早点做好计划不好吗？除了个别国家外，一般不要求提供预订记录。建议签证申请通过前，不要付款预订，尽量找些免费预订的旅馆。

至于国际往返机票，我们每次都是先买好再签证的。但大家如果担心拒签，可以买一张可以全额退款的机票，万一拒签只须付少量手续费，不会浪费机票钱。

准备好材料后，登陆目的地国家驻华总领馆的网站，按照指引在线填写申请表（如英国），或打印纸质申请表填写好（如新西兰），然后通过网站所示的签证手续，预约或于办公时间赴指定地点提交材料。现在除了美国等少数国家需要会见签证官以外，绝大部分国家都将签证申请受理外包给了签证中心代理，所以只须要按时间到现场提交材料就可以了。无论是见签证官还是签证中心的工作人员，无须过于隆重，按日常穿着谈吐即可，可以说中文，除非对方要你用英语对话。

如果在欧洲申根国之间访问多个国家，原则上要向逗留时间最长的国家申请签证。切记，一定不能造假！所有材料必须真实，诚信是最重要的，作假一次可能会影响多年的出境申请。

语言或许是很多朋友对自助出国旅行望而却步的第二障碍了。英语肯定是需要多少懂一点的，至少会简单的对话，如问好、致谢、问路、入住和退房。除此之外，你什么都不懂也没关系。你在游玩，没事谁找你搭讪？更加不用聊世界格局宏观大势了。餐馆点菜按菜单指就是了。如果没有图片，就自己碰运气吧。我在丽江亲眼见过一个外国人想吃鸡，就在白纸上画了一只鸟。语言只是沟通手段，肢体语言也是语言。

后记 生命不息，脚步不止

我一直觉得，生命一定不是从简单的单细胞进化而来这么简单。躯体或者是，但思维、神志呢？同等的环境下，为何人与人之间的想法也会有很大差别？记得在读小学的时候，当时的主旋律是宣扬“不图享乐，艰苦奉献，造福后人”。我就在思考，如果每个人、每一代人都不图享乐艰苦奉献，那到底造福了谁呢？谁才是享受前人成果的“后人”？但如果一个人贪图享乐，是否就真的印证了“富不及三代”的论断？那时候，我想啊想，“造福后人”和“享乐”真的是对立的吗？难道不能共存？

我不知道为什么会萌生这样的想法。活在当下的世界观也是在那个时候形成的。后来，经历了一些生离死别、人生起落，愈发感受到人生的无常，更觉得要过好每一天。

过好每一天，就是要努力让自己幸福。幸福是一种感受，和金钱无关，和时间无关，甚至和健康无关。只有自己感觉幸福了，在乎你的那些人才会感到幸福。所以啊，想要孩子快乐，自己一定要快乐。

五十岁前用命换钱，五十岁后用钱换命，这是当代大部分人生活的缩影。我曾和一位任职中层管理的朋友讨论，说你现在应该衣食无忧了，可以追求自我价值实现了，干得太累干脆辞职，自己爱干嘛干嘛。他说："手停口停啊！"多么无奈的现实。一天不死，就得努力活着，挣钱养家。

富人有富人的自在，穷人也有穷人的快活。工作时认真工作，脚踏实地地挣钱；工作之余多抽点时间陪陪家人，做些自己感兴趣的事，满足一下心灵。

努力争取过上更好的生活没什么不对，我也不是鼓励大家胸无大志。日前与挚友聊天，顺势而为很重要。今天做了一个无比正确的决定，若干年后未必有很好的收成；今天暂时委曲求全，假以时日或许飞黄腾达。谁知道呢？这需要努力，也需要运气。有人投身金融商海翻云覆雨很快乐，有人解甲归田当农民也很快乐。成功没有唯一的定义。所以啊，不要孤注一掷倾尽所有到你所追求的事业中，活着还有很多很多有意义的事情。

每天都使自己心情愉悦，生活自然快乐。我喜欢拿着相机、手机到处拍，写点文字，记录点滴。人生就是由许许多多生活的碎片构成的，偶尔翻看，一个个场景又会浮现眼前。这是幸福，和金钱、时间、健康无关，过好每一天。

我很喜欢那句话"虽然不能延伸生命的长度，但可以尽量拓展生命的宽度"。对于我而言，生命不息、脚步不止就是最好的诠释。

我和西瓜猫的脚步不会停止。一世不长，请好好享受你的人生。

吴智文